朱《あ》華《け》姫《ひめ》の御《お》召《めし》人《びと》 上

かくて愛しき、ニセモノ巫女

白川紺子

集英社文庫

もくじ

朱華姫の御召人《あけひめのおめしびと》

かくて愛しき、ニセモノ巫女

上

「いいこと、蛍《ほたる》。あなたがあの御方《おかた》の娘だということは、絶対に誰にも知られてはいけないの」

母はわたしに、なんどもそう言い聞かせた。

『あの御方』というのは、先帝のことだ。

逆臣に殺された帝《みかど》。

肉親のことごとくを殺しつくされた、かわいそうな帝――。

「けして見つからないように生きなさい。賢く逃げなさい。あなたは、帝の宮《みや》に近づいてはだめよ。あそこは、とてもおそろしいところ。足を踏み入れたら、きっと――」

――禍《わざわい》がおこるから。

第一章

にせもの巫女の事始め

「お腹《なか》すいたなあ……」

山をおりながら、蛍《ほたる》はため息をついた。腕にはとったばかりの蕗《ふき》ときのこが入った籠を抱えている。

今朝のご飯は、青菜を入れた粥《かゆ》だった。まだまだ育ちざかりの十六歳である蛍には、それではとても足りない。

朝まだ暗いうちからおきだして、かまどに火をおこし、伯父《おじ》家族のための朝餉《あさげ》を用意する。それから下働きの者たちとともにささやかな食事をとると、山菜やきのこをとりに山に入るのが蛍の日課だった。

「――あれ？　甘いにおいがする……」

ふと、蛍は足をとめる。果実の甘い香りがする。どこかで実がなっているんだ、と蛍は急いでにおいをたどった。

山は、初夏のあざやかな緑にいろどられている。水と陽《ひ》の光をたっぷりと吸いこんだ土や樹木のにおいはむせかえるようで、ともすれば果実の芳香を消してしまうほどだ。

——今の時季だと、桃かな、枇杷《びわ》かな。

たわわに実った果実を想像して、蛍はわくわくした。山に来ると、こうして果実や木の実にありつけるのがいいところだ。

蛍は無造作に結った栗色《くりいろ》の髪をゆらして、足を速める。こういうときの蛍は、生き生きと山を駆ける小鹿のようだった。細い体を包む麻の衣は質素なうえ、毎日山に入るせいであちこちに草の汁のしみができていたが、蛍のはつらつとした美しさをそこなってはいない。

ふもとに近づいたころ、澄んだ光をたたえた鳶色《とびいろ》の大きな瞳をいっそう輝かせて、蛍は足をとめた。

目の前に、果樹の林が広がっていた。

「杏《あんず》だわ！」

蛍は籠を地面におろして、木に駆けよる。橙　色《だいだいいろ》の丸い実が、枝にぎっしりとなっていた。ぷっくりとした実は、いかにも食べごろだ。熟したにおいがあたりに満ちている。

「こんなところに杏の木があったなんて」

それも、こんなにたくさん。

さっそく蛍は草鞋《わらじ》をぬいで、木によじのぼった。ひとつ実をもいで、皮ごとぱくりとかぶりつく。甘い汁が口のなかにあふれた。

「……おいしい！」

こんなに甘い杏を食べるのは、はじめてだ。夢中になって頬張っていた、そのとき。

「――そこの者、何をしている」

とつぜん、鋭い声が蛍を射抜いた。

蛍は驚いて動きをとめる。見れば、木々のあいだに、馬に乗ったひとりの青年がいた。

つかのま、見とれるほど美しい青年だった。けれど、冷ややかな美貌だ。漆黒の髪に、白い面《おもて》。形よい切れ長の目は、声とおなじく鋭かった。研ぎ澄まされた刀のような。

さらりと風になびく髪を、結いあげもせずに、うしろでひとつにくくっている。貴人だということは、身なりでわかった。地紋を織りだした紺青《こんじょう》の袍《ほう》は、つややかな光沢がある。絹だ。

青年は蛍をにらむように見すえている。

「このあたりは禁野《きんや》だ。それが帝に献上される杏と知ってのことか」

「えっ」

――帝の杏⁉

蛍はぎょっとして、杏を落としそうになる。あわてて持ち直すと、かわりに体がぐらりと傾いた。体勢を立て直す間もあらばこそ、悲鳴とともに蛍は地面に落ちてしまった。

したたかに体を打ちつけて、蛍はうめく。杏は低木とはいえ、落ちれば相応に痛い。

と、馬が近づいてくるのが見えて、蛍は顔をあげた。

「すまぬ。驚かすつもりはなかったのだ。大事ないか」

青年が言って、ひらりと馬からおりる。手綱を木に結わえると、蛍の前にしゃがみこんだ。

「立てるか？」

手をさしだされて、蛍はうなずく。が、立ちあがろうとすると、右の足首に痛みが走った。

「いたっ」

蛍はぺたりと座りこむ。「足か」と青年が蛍の足をつかんで、なでたり押したりした。

「ひねったのだろう。しばらく動かさぬほうがいい」

そう言ってふところから手巾《しゅきん》をとりだすと、足首が動かないようにしばって固定した。

「あ……ありがとうございます」

ずいぶん手際がいい。怪我《けが》の手当てに慣れているのだろうか、と思った。

「あなたは、医師さまですか？」

そう問うと、彼は無表情に、いや、と否定した。

「俺は武官だ」

なるほど武官なら、このくらいの怪我には慣れていそうだ。まなざしや声に鋭いところがあるのも、武官だと聞くと納得した。声をかけられたときには怖い人かと思ったが、手当てしてくれるあたり、親切な人のようだった。

蛍は、声をかけられた理由に思い至って、あっと声をあげて姿勢をただした。

「あの、申し訳ありません。まさか、帝の杏だとは思わなかったんです」

食べていた杏は、地面に落ちてつぶれていた。もったいない。いやいや、それより、帝の杏を食べてしまったとなると、重罪なのだろうか。つかまって、笞《むち》で打たれたりするのだろうか。それとも、もっと重い罰になるのだろうか。まさか、死罪だなんてこと……？

蛍が半泣きになっていると、青年はすこし表情をゆるめた。

「もうよい、案ずるな。そなたをつかまえたりなどせぬ」

青年は蛍の頭にぽんと手を乗せる。

「帝も、子どもがあやまっていくらか杏を食べたところで、怒るような方ではない」

「子ども……」

蛍を子どもと言うが、青年も二十歳《はたち》はこえていないように見える。それなら蛍とさほど変わらない歳《とし》のはずだ。それとも、蛍がうんと年下に見えているのだろうか。たしかに、日々食べるものが質素すぎるせいか、蛍はか細く、小柄で、たいてい十六歳には見られないのだが。

わたしはもう十六歳です——と、言おうかと思ったが、そんな歳だと知れると罪を見逃してもらえないのかもしれない、と口をつぐむ。いやでも、ここは正直に言ったほうがいいのだろうか——とあれこれ悩むうち、ぐうとお腹が鳴った。

「ふっ」

青年が顔をほころばせた。そうすると鋭い印象がうすらいで、とたんにやわらかな雰囲気になる。が、すぐにもとの無愛想な顔に戻ってしまった。

「腹が減っているのだな」

蛍は恥ずかしさに顔を赤らめる。青年は立ちあがり、枝から杏をいくつかもいだ。

「ほら」

と、杏をさしだされる。

「あの……？」

「かまわぬ。食べろ」

「でも、これは帝の」

「黙っていればわからぬ。それに、言ったろう。こんなことで目くじらを立てる帝ではない」

蛍は甘い香りをはなつ杏をじっと見つめてつばを飲みこむと、それを受けとった。ひと口かじると、もうとまらなくなって、また夢中になって食べだした。

果汁を口のまわりにべったりとつけて杏を頬張る蛍を、青年は子どもを見守るようなまなざしで眺めている。

——いい人だなあ……。

怖い人かと思ったが、親切なうえ、融通がきく。

蛍は青年を横目でうかがった。藍色《あいいろ》の瞳が涼しげな、美しい青年だ。どこかさびしげで、冷たい雰囲気がある。あまり表情を変えないせいだろう。もっと笑えばいいのに。それとも、武官はいかめしい顔つきでいないといけない決まりでもあるのだろうか。

「そなた、どこぞの屋敷で働いている下働きの娘だろう。どこの屋敷だ？」

蛍が杏をみっつも平らげたあと、青年はたずねてきた。

「ええと……」

蛍は、下働きとして雇われているわけではない。貴族の娘だ。だが、伯父からは下働きのようにあつかわれているので、おなじようなものか、と思う。説明が面倒で、蛍はうなずいた。

「東《ひがし》ノ兎梅門《とばいもん》、二坊《にぼう》にある丹生《にう》の屋敷です」

「兎梅門か。わかった。乗れ」

「え？」

青年は、馬の鞍《くら》をたたいた。

「その足では屋敷まで歩けまい。送ろう」

「いえ、そんな」

蛍はあわてて首をふった。そこまでしてもらっては、さすがに申し訳ない。

「そなたの怪我は俺のせいだ。乗っていけ」

そう言うと、青年は蛍をいとも軽々と抱きあげて鞍に乗せた。その膝に蛍の持ってきた籠を置く。籠には五、六個、杏が入っていた。青年が入れてくれたのだ。帝の杏なのに、こんなにもらってしまっていいのだろうか。

青年は自らも鞍にまたがると、馬首を都の方角へと向けた。木々のあいだに、濠《ほり》と城壁にかこまれた都が見える。鞍に横向きに座らされた蛍は、ゆるやかな山道をくだる馬にゆられながら、都を眺めた。

暁《あけ》の国の都、寿生《ほみ》。四方をかこむ山の濃い緑と、屋敷や門の丹塗《にぬ》りの柱とが目にあざやかで、美しい。青鈍色《あおにびいろ》の甍《いらか》が、陽光に照り輝いていた。

濠にかけられた赤い橋を渡り、都の内と外をへだてる大きな門をくぐると、多くの人が行き交う大路《おおじ》に出る。最北にある帝の宮《みや》まで、まっすぐ続く都一番の大路だ。大路には、蛍たちのように馬上の人もいれば、籠を背負った野菜売りもいる。たくさんの荷をくくりつけられてひかれていく牛もいた。市《いち》が開かれる日だから、よくにぎわっている。

路《みち》の両側には白い築地塀《ついじべい》が立ち、東西に整然と走る小路《こうじ》との四つ辻《つじ》には、かならず門がもうけられている。夜になるとぴったりと閉ざされるこの門にはそれぞれ名前がつけられていて、蛍の家のある路の門は、兎梅門といった。

蛍の乗った馬は、その兎梅門から小路に入る。どっしりとした赤い門の屋根には、兎《うさぎ》と梅が彫りこまれた軒瓦《のきがわら》が並んでいた。

「あ、ここです」

蛍が一軒の屋敷を指さすと、青年は馬をとめた。先に馬からおりて、蛍をおろしてくれる。

「ありがとうございました」

ぺこりと頭をさげると、

「しばらく足は動かさずに、静かにすごせ。痛むところを濡《ぬ》らした布で冷やすといい。痛みがひくまで、歩くのはひかえることだ」

とあれこれ助言されたが、蛍はあいまいに笑みを返した。下働きに動かずにすごせというのは、むりな話だ。けれど、青年のやさしさは胸にしみた。もう一度、頭をさげる。

青年が立ち去るのを見送って、蛍は門をくぐった。

「蛍!」

門を入ってすぐ、伯父の怒声が飛んできて、蛍は身をすくめた。

正殿《せいでん》の扉から顔を出した伯父が、こちらをにらんでいる。

「入ってくるときは裏門を使えと言っておるだろう。それに今までどこをほっつき歩いておった、洗濯も厩《うまや》の掃除もせずに」

「ご……ごめんなさい、伯父さま」

足をひきずりながら急いで厨《くりや》に向かおうとすると、階《きざはし》をおりてきた伯父に抱えていた籠を引っ張られて、蛍はころんだ。

「この杏はどうした」

伯父は眉をつりあげている。

「こんな立派な杏、勝手になっているものではあるまい。もしや、献上物じゃなかろうな」

「あの、もらったんです、それ」

「もらっただと？　嘘《うそ》をつくな！　献上物を盗んだとあらば重罪だぞ」

「違います、ほんとうに――」

「言い訳をするな、盗人《ぬすっと》が！」

言うなり、伯父は蛍の頰を打った。蛍は地面に倒れこむ。じん、と熱と痛みが頰に広がった。

「咎《とが》がわしにまで及んだらどうしてくれる。つくづく、厄介者め」

ふたたび伯父が手をふりあげたとき、厨からひとりの少女が血相を変えて飛びだしてきた。

「おやめください、だんなさま！」

蛍の乳母子《めのとご》、巴《ともえ》だ。

巴は両手を広げて蛍を背にかばう。伯父は顔をしかめた。

「そこをどかぬか、巴」

「いやです。どうしてこんなひどい真似《まね》をなさるのですか。蛍さまはだんなさまの姪御《めいご》ではありませんか、それを」

「父親が誰ともわからぬ娘など、姪などと思いたくもないわ！　汚《けが》らわしい」

伯父は憎々しげに吐き捨てる。

「そのせいでわしは弁官《べんかん》の職を逃したのだぞ。あげく父にも勘当されて苦汁をなめるはめになったのだ、思い出すだに忌々《いまいま》しい」

「それは、だんなさまご自身のせいであって――」

蛍は巴の袖を引っ張って言葉をとめさせた。伯父の怒りをふくらませるだけだからだ。

かつて伯父は有力貴族に賄賂《わいろ》を贈って、官吏の要職である弁官の地位を得ようとしたことがある。が、相手は賄賂だけふところに入れて、任官の世話はしなかった。父親のわからぬ子をはらむような娘を妹に持つ男を推挙などできようか——と相手は言ったらしい。

賄賂の件はすぐ祖父にばれて、伯父は勘当されて家を追いだされた。祖父が亡くなってようやく家に帰ってこられた伯父は、祖父も、蛍の母も、蛍のことも、深く恨んでいた。

そもそも要職につけないでいたのは伯父の才が足りぬせいで、それを賄賂で買おうなどとは言語道断、すべては身から出た錆《さび》だと祖父は言っていたが、伯父に言わせると悪いのは蛍の母であり蛍なのだ。

伯父はじろりと蛍を見おろす。

「この家に置いてやってるだけありがたいと思え。気にくわぬというなら、今すぐここから出ていくがいい。燈《あかり》をつれてな」

蛍は、はっと体をこわばらせた。燈というのは、蛍の母だ。今は病気でふせっている。蛍ひとりならともかく、屋敷を追いだされては病身の母を養ってはいけない。

「待って、伯父さま。お願いだから、ここから追いださないで」

せっぱつまった声をあげた蛍を、伯父は汚いものを見るような目でにらみつける。

「礼儀知らずめ。わしにものを頼むときには、こうだ!」

伯父は蛍の髪をわしづかみにすると、頭を地面に押しつけた。

「そら、言い直せ。口のきき方も教えてやらんとならんのか？」

額が地面にこすれて、痛い。蛍は泣きそうになるのをこらえて、声をしぼりだした。

「お……お願いします。追いださないでください……」

押さえつけられた苦しい姿勢で、なんとかそう言うと、伯父は満足したように鼻を鳴らして手をはなした。

「下働きとしてよく働くなら、これからもこの家に置いてやらんでもない。怠けるんじゃないぞ」

そう言い捨てて、伯父は杏の入った籠を抱えて正殿のなかへ戻っていった。

「蛍さま……」

顔をあげると、巴が衣の袖で土に汚れた額をふいてくれた。巴はくしゃりと顔をゆがめる。

「あんまりです。大だんなさまが生きてらしたら、けしてこんなこと、お許しにはならないでしょうに」

大だんなさま——蛍の祖父である。六年前に彼が亡くなるまでは、蛍も正殿で暮らしていた。だが、祖父が亡くなり伯父が戻ってきたとたん、母ともども納屋に押しやられてしまったのだ。母は祖父が亡くなる二年前から、すでに病でふせっていた。

「あのね、慣れればなんだって、どうってことないのよ。ここにいれば、働きながらお母さまの看病もできるし」

　自分に言い聞かせるように、蛍はつとめて明るく言って立ちあがった。ひねった足首が、ずきずきする。ころんだ拍子にまた痛めたようだ。足をかばいながら、蛍は納屋のほうへ向かう。

「蛍さま、足を……」

「ちょっとひねったの。手当してもらったから、平気」

　言いつつ、蛍はごそごそとふところに手を入れた。なかからとりだしたものを、はい、と巴にさしだす。

「……！　蛍さま、これ」

　杏である。ころんださい、籠からふたつほど失敬しておいた。

「いつのまに」

　驚く巴に、蛍はちょっと得意になって笑った。

「あげる。すごく甘いの」

　蛍は納屋の戸を開ける。奥の板間で母が寝ているのが見えた。眠ってはいないようだ。ぼうと宙を眺めている。

「お母さま」

　声をかけて、蛍は板間にあがり母のそばへ腰をおろす。母からの反応はない。蛍はかまわず母の体を寝床から起こした。巴も手をかしてくれる。

「杏をもらったの。皮をむくから、食べて」

蛍はふところからもうひとつ杏をとりだすと、うすい皮を手でむきはじめた。母は焦点の合わない目で中空を見つめたままだ。

母の病は、〈霊腐し《みたまくた》〉の病、と呼ばれている。どこが悪い、というわけではなく、だんだん、魂が抜かれたようにぼんやりとして、寝つくようになる病だ。穢れ神《けがれがみ》が、魂を食い荒らし、腐らせていくのだという。原因も、治すすべもわからない。今、都では、この病にかかっている人が少なくない。

「燈さまの病、治るといいですね」

蛍が杏の皮をむくのを眺めながら、巴がぽつりと言う。

「……うん」

巴の母は、すでに亡くなっている。霊腐しの病にかかって。

「この病にかかる人は、増えるいっぽうだとか……。病がおさまらないのは、朱華姫《あけひめ》さまがいらっしゃらないからだっていう噂《うわさ》ですよ」

「ああ――新しい方は、まだ選ばれてないのよね」

朱華姫は、この国の護り神《まもりがみ》に仕える巫女姫《みこひめ》だ。

護り神は、あらゆる穢れからこの国を守り、恵みをもたらすのだという。その神さまに仕える巫女姫は貴族の娘のなかから選ばれるのだが、昨年、その人が亡くなって以来、新しい朱華姫は選ばれていない。だから、神さまが怒っているのではないか、と。

「でも、この病が流行《はや》りだしたのは、十六年前くらいからでしょう？　だったら、朱華姫さまのせいじゃないわ」

「先帝のたたりだと言う人もいますね」

「……先帝の？」

「だって、先帝は十六年前、反乱で殺されなすったでしょう。だからですよ」

　蛍は黙りこんだ。先帝の話題になると、蛍は、口が重くなる。口をつぐんでいないと、よけいなことを言ってしまいそうだからだ。母と約束した、言ってはいけないことまで、言ってしまうんじゃないかと思って。

「先帝だけじゃありません、あのときは、宮中の人がたくさん亡くなったといいますから。先帝のきさきも、皇子《みこ》も、女官も、たくさん――」

　十六年前。当時の帝は、臣下に殺された。

　ことのおこりは、帝と、帝の父である太上帝《おおきみかど》とのいさかいだ。そのため廟堂《びょうどう》――政《まつりごと》を行うところだ――は帝につく者と、太上帝につく者で、まっぷたつにわかれていた。一触即発の不穏な空気がただようなか、それはおきてしまった。

　その夜、内裏《だいり》から火の手があがり、衛士《えじ》たちが右往左往するなか、帝は太上帝側の臣下に殺された。帝のきさきも、皇子も、みんな。

それだけじゃない。太上帝も、帝側の臣下によって殺されてしまったのだ。

敵味方入り交じる戦場と化した宮で、気づけば、帝の肉親は殺しつくされていた。女官や臣下の者たちも、多くが戦火に巻きこまれて亡くなったそうだ。

「燈さまがご無事だったのは、さいわいでしたけれど――」

いつのまにか皮をむく手をとめていた蛍は、巴の言葉に我に返る。

「ええ……、そうね」

蛍はぼんやりとしている母の横顔を眺める。母は、当時、女官として後宮《こうきゅう》に出仕していた。戦火のなかを、命からがら、実家であるこの屋敷まで逃げてきたのだ。

――そしてそのときには、わたしは母のお腹のなかにいたのだわ。

だからこそ必死で、母は逃げたのだ。

納屋の外から、馬のいななきが聞こえる。巴がぱっと立ちあがった。

「いけない、早く厩の掃除をしないと。まただんなさまに叱られてしまう」

蛍も腰をあげかけたが、巴がそれを制する。

「蛍さまは、燈さまに杏を食べさせてあげてください。それに、その足ですし、むりなさらないで」

「足は大丈夫よ。すぐ行くわ」

巴はあわただしく納屋を出ていった。蛍も手早く残りの皮をむいて杏を母にさしだす。

「お母さま、ほら、杏よ」

口もとに持っていくと、視線を宙にただよわせたまま、母は口を開けて杏をかじった。蛍はいくらかほっとする。

霊腐しの病にかかってしまうと、食事をさせるのにもひと苦労する。それでもこうして食べてくれるうちはまだいい。多くの者は、そのうち何も食べなくなって、死んでしまうのだ。だから、母が食べてくれると、蛍はほっとする。まだ大丈夫だ、と。

母の唇から杏の果汁がこぼれて、蛍はあわててそばにあった手巾でふいた。幼いころは蛍が母にこうして口をぬぐわれたものだけれど、今ではまるで逆だ。

ゆっくりと杏を飲みくだしている母の面を、蛍はじっと見つめる。病になっても、母は美しかった。若いころは、もっと美しかったに違いない、と思う。そう——先帝をも魅了してしまうほど。

「お母さま……わたし、お母さまの言いつけ、ずっと守ってる。だから……早く、よくなって」

『けして誰にも言ってはだめよ』

母がそう言ったから。巴にも、誰にも言ったことのない秘密がある。

蛍は、先帝の子だ。

女官として後宮に出仕していた母は、そこで帝に見初《みそ》められ、蛍をみごもった。貴族とはいえ一介の女官にすぎなかった母は、有力貴族を後ろ盾に持つきさきたちとはりあう気はなかったので、帝から寵愛《ちょうあい》を受けていることは黙っていたそうだ。

その後すぐ反乱がおきて帝は死んでしまったから、蛍はその顔も知らないけれど、蛍の体には帝とおなじところがひとつだけあるのだと、母が教えてくれた。

あざだ。ふしぎと、帝とおなじところに、おなじあざがあるのだという。腰のうしろに、花のようなあざが。

「……もういいの？　お母さま」

杏を半分も食べないうちに、母は口を閉じてしまった。蛍は杏をかたわらに置いて、手巾をかける。

母は、祖父にも蛍の父が誰であるか、明かさなかった。そして蛍には、父が先帝であることは、けして誰にも言ってはいけないと言った。

けれど、知っていなくてはいけない、とも言った。

知らなくては、賢く逃げられないから、と。

『何から逃げるの？』と、幼いころの蛍はたずねた。

『禍《わざわい》から』と、母は答えた。わざわい——いったい何をもって禍というのか、蛍にはわからない。当時は、『禍』という言葉の意味もわからなかった。

蛍の頭に強く残っているのは、『帝の宮には、近づいてはいけない』ということだ。母は先帝との関係を隠していたし、当時の女官たちの多くは死んでしまったけれど、それでも、どこでどう真実を知っている者がいるか知れない。だから、近づいてはいけないのだと。

それなら、何もむずかしいことはない。帝の宮になんて、近づきようもないのだから。この屋敷で朝から晩まで働き、母の世話をして、一日は終わっていく。きっと、ずっと。

「蛍、蛍！　どこにいる、また怠けているのか！」

伯父の怒鳴り声が響いている。急いで出ていかなくては、また殴られてしまう。こういうときは、急いでいってもぶたれるのは変わらないのだが、遅れればそれだけひどく殴られる。あまりひどく殴られると一日中耳鳴りがやまないので、困るのだ。

伯父が、肉親の情けで蛍たちを屋敷に置いているのではないことを、蛍はわかっている。蛍は、いらだちのはけ口だ。蛍がここから逃げることは簡単だけれど——母を置いてはいけない。

蛍は母の体を寝かせる前に、そっと胸に耳を押しあて、目をつむる。心臓の動く音が聞こえる。蛍は母の体をぎゅっと抱きしめた。抱き返してくれる腕はない。

こういうとき、蛍はいつも、しん、と骨が冷えていくような心地がする。木枯らしが吹きつけたように、どうしようもなく体の芯が寒い。

母を寝かせて立ちあがろうとすると、足首がずきりと痛んだ。あのときの青年が巻いてくれた手巾がほどけかかっていたので、結び直す。蛍の身をいたわってくれた青年の様子がよみがえってきて、蛍は、ふいに胸が痛んだ。

凍えているあいだはわからなかった切り傷が、あたたまると痛んでくるように、青年のやさしさは、かなしく蛍の胸を刺した。


それから数日後のある朝、厨の裏で井戸から水をくみあげていた蛍は、表が何やら騒々しいことに気づいた。

なんだろう、と厨のうしろから顔をのぞかせると、門の前に仰々しい輿《こし》が置かれて、十人ほどの人が並んでいた。人々は、そろいの赤い袍を着ている。神祇官《じんぎかん》だ。一番上役らしい人がひとり、正殿の前で伯父と押し問答をしている。

「――だから、蛍さまをお迎えにあがったと申している。なぜ出せぬ」

「いえ、ですから、その、蛍は……」

――わたし？

目をぱちくりさせていると、巴に手をひっぱられて、厨のうしろからつれだされた。

「神祇伯《じんぎはく》さま！　蛍さまなら、ここに」

伯父と言い合っていた男が、ふり返る。四十前くらいの、実直そうな人だった。

――神祇伯？

神祇官をたばねる長官だ。そんな人がなぜ、わたしを？

神祇伯は、蛍の姿を見て眉をひそめた。抗議の目を伯父に向ける。

「丹生の家のご息女と聞いていたが。これではまるで下働きの娘ではないか」

「はあ、それは」

伯父が青くなっている。巴が蛍の背を押して、神祇伯の前までつれていった。

「あの……何かご用でしょうか？」

蛍がたずねると、神祇伯は衣の袖を払って膝をついた。蛍は驚く。

「帝の御召《おめし》でございます。急ぎ宮におこしください」

「え？」

神祇伯の態度と、言われた内容に蛍はあぜんとする。

――帝？　帝が呼んでいる？　なぜ？

「さあ、どうぞこちらの輿に」

神祇官のひとりが、輿の帳《とばり》をはねあげた。蛍のために用意されたものだったらしい。

「あ、あの……どうして、わたしが？」

何からどう訊《き》いていいやらわからず、蛍はようやくそれだけ言った。

「ご容赦ください。それを私などの口から申しあげるのは、はばかられることでございます。帝から直々に下知《げじ》がくだされますゆえ、それをお待ちくださいませ」

そんな無茶なことがあるだろうか。いきなり来いと言われたって、行けるものではない。

「待ってください。急にそんなことを言われても、困ります」

「勅命でございますよ。逆らえば、お身内すべてに咎が及びます。言動は慎重になさいませ」

神祇伯の口ぶりは丁寧で、親切ですらあったが、蛍は顔をこわばらせた。従わねば、罰せられる。蛍だけではない――母も。

「おい、蛍。さっさと行かぬか。神祇伯さまのお手をわずらわせるな」

勅命と聞いて、伯父は青くなって蛍の背中を押した。よろめきながら、蛍は口を開く。

「あの――すぐにすむ用事なのでしょうか？　母が、病でふせっているんです。わたしがいないと」

「案じなさいますな。病身の母御を捨て置かれる帝ではございませぬ」

それは、すぐに帰ってこられるという意味なのだろうか。それとも。

『帝の宮に近づいてはだめよ』

――でも、帝の命令に逆らうわけにはいかない。

母との約束と、勅命という言葉が頭のなかでぐるぐるとまわっている。

「さあ、蛍さま」

神祇伯に手をとられて、蛍はとっさにあとずさった。

「あ、あの！　すこし、すこしだけ待っていてください」

蛍は、まだ治りきっていない足をひきずり、納屋に駆けこんだ。なかでは、母が眠っている。目を閉じた母のかたわらで、蛍はとほうにくれた。どうしたらいいのだろう。

しばらく母の寝顔を眺めていた蛍は、ひとつ息を吐いた。

「……お母さま……約束のひとつ、やぶってしまうけど……」

ごめんなさい、とつぶやいて、蛍は腰をあげる。それから自身の寝床にしているむしろをめくり、細長い布袋をとりだした。中身は横笛だ。母からただひとつ、ゆずり受けた大事なものだ。それを帯にはさんで、蛍は神祇伯のもとへと戻った。輿に乗ると、帳がおろされ、すぐにかつぎあげられる。ぐらりとゆれて、輿から落ちそうになった。

帳のすきまから外をのぞくと、巴が涙まじりの笑顔でこちらに手をふっていた。蛍の事情を何も知らない彼女は、帝の御召を吉報だと思っているようだった。

丹生の屋敷が、遠ざかっていく。兎梅門を抜け、大路をまっすぐ北へ、帝のいる宮のほうへと輿は進んでいく。帝の宮——春楊宮《しゅんようきゅう》だ。

——帝はいったい、なんの用事でわたしを呼ぶのだろう？

まさか、蛍が先帝の子だとばれて、それで——？　だとしたら、どうなるのだろう。

蛍はぎゅっと笛をにぎりしめた。

『禍がおこるから』

母の声が、頭のなかでこだましている。


今の帝は、先帝の遠縁にあたる人だ。

先の反乱後、しばらく廟堂は帝不在で政を行っていたのだが、うまくいかなかったらしい。すぐに新たな帝を立てることになった。

が、先帝の近しい血縁者はことごとく殺されてしまった。遠縁の皇族のなかでも帝の血筋に一番近かったのが、今の帝だ。先帝の祖父の弟の孫、らしい。

ふってわいたような帝位だったわけだが、さいわいなことに、帝は賢明で、果断な傑物だった。貴族同士の利権争いでなかなか進まなかった宮殿の再建を、隣国の優秀な技師にまかせてあっというまにやってのけ、貴賤《きせん》にこだわらず有能な官吏をとりたて、地方で乱がおきればすぐさま皇子《みこ》を大将にして派遣し平定する——歴代の帝のなかでも屈指の賢帝だという評判だ。

——それだからわたしを呼んだのも、相応の理由があるのだろう。

悪いことじゃないといいけれど、と蛍はいのるしかない。

大路を行く輿は、やがて大きな門にたどりついた。春楊宮の入り口だ。

宮の内には、藍鼠色《あいねずいろ》の甍も見事な殿舎が建ち並んでいた。地面には白砂《はくしゃ》が敷かれ、人々が歩くたびしゃりしゃりと音がする。春楊宮、の名のとおり、楊《やなぎ》がそこここに植えられていた。

一行はとまることなく奥へ奥へとすすむ。宮の奥にあるのは、内裏。帝のいるところだ。

輿がとまった。おろされた蛍は、殿舎のひとつにつれていかれる。そこに帝がいるのかと思ったら、違った。待っていたのは、きれいな衣を着た女官たちだった。

「お召しかえをいたしましょう。そのお姿では——いささか、困るでしょうから」

神祇伯は遠まわしな表現を選ぼうとして選びそこねて、そう言った。

女官たちが優雅な所作で蛍をとりかこむ。蛍は彼女たちに衣をぬがされ、内着一枚になると、濡らした布で顔や手足をふかれた。衣はどこかへ持っていかれてしまったが、帯にさしていた布袋だけは、しっかと手ににぎる。

「桃の衣がよかろう」

神祇伯の言葉にしたがい、女官は桃色の広袖の衣を蛍に着させる。蛍は、着たこともないような、しっとりとした上質の絹の肌触りに驚いた。

「上衣《うわぎ》は朱だ。裳《も》は淡萌黄《うすもえぎ》……」

朱に金糸《きんし》が織りこまれた袖のない上衣を着せられ、裳を巻かれる。あざやかな紅《べに》に花鳥の染め模様が入った帯を結ばれて、うすぎぬの領布《ひれ》をふわりと肩にかけられた。錦の鞋《くつ》をはかせると、女官たちは髪をとかしはじめた。頭の上で双輪《ふたわ》を結いあげて、残りはたらす。しまいに紅玉《こうぎょく》や花のかんざしをさしこんで、女官たちはさがっていった。

着替えがすんだ蛍を上から下まで眺めて、神祇伯は感心したようにしきりとうなずいた。

「いやはや、見違えました。これならば申し分ないでしょう。参りましょうか」

「つぎは、どこへ――」

「帝の御前《ごぜん》ですよ」

蛍はたちまち緊張する。帯のあいだにさした笛の布袋を、たしかめるように押さえた。

神祇伯につれられて、蛍は内裏の回廊を歩く。瓦葺《かわらぶ》きの屋根がついた、立派な回廊だ。軒先から、瀟洒《しょうしゃ》な蔓文様《つるもんよう》が透かし彫りされた灯籠《とうろう》がずらりとつりさげられている。

歩きながら、蛍は何度もころびそうになった。裳のすそが長すぎるのだ。衣の袖も長い。これでは物をつかむのに苦労する。

ころばないように足もとを見つめながら歩いていると、神祇伯が立ちどまった。

「こちらです」

目の前に、丹塗りの大きな扉がある。神祇伯が目配せすると、両脇に立っていた衛士がその扉を開けた。

扉の向こうを見て、蛍はぎょっとした。

ずらりと並んだ人々が、いっせいにこちらをふり返ったのだ。

赤い袍を着た、神祇官。そのほか、紫や青の袍をまとった人たちがいるが、いずれも高官なのだろう、袍が見るからに上質だ。なぜか、年若い女官らしき少女たちまでいる。そろいの桃花染《つきぞ》めの衣を着ていた。

「さあ、どうぞお進みください。臆することはございません」

神祇伯がそうささやいて、とまどう蛍の背を押す。人垣の中央は、蛍を通す道であるかのように、空間ができていた。その先にある檀上に、椅子に腰かけた人がいる。御簾《みす》が胸あたりまでおろされていて、顔は見えない。──帝だ。

蛍は、ごくりとつばを飲みこんだ。

集まったこの人々は、なんなのだろう。なぜ、こんなにじろじろと見られているのだろう。それも、気のせいでなければ、多くが険のあるまなざしで。

──いったい、なんだっていうの。

とまどいと不安でいっぱいになりながら、蛍は帝のほうへと歩みだそうとした。が。

一歩踏みだしたとたん、裳すそを踏みつけて、思いきりころんでしまった。

しん、と場が静まり返ったあと、あきれたようなため息や、忍び笑いが聞こえてくる。くすくす笑う少女たちの声も響いた。

蛍の頬に、熱がのぼる。恥ずかしい。あわてておきあがろうとしたが、裳すそがからんでうまく立てない。静かな笑い声が、ますます広がった。蛍はぎゅっと目をつむる。

――どうしてわたし、こんなことしてるの?

いったいなんの用事で呼びだされたのかも知らない。いきなりつれてこられて、着替えさせられて、なんだって、こんなところでうずくまっているんだろう。今すぐ帰りたい。

そのとき、蛍の体がふわりと浮いた。

抱きあげられたのだと、しばらくして気づいた。

ひとりの青年が、蛍を抱えあげている。青年は、官吏たちのほうを鋭いまなざしでにらんだ。笑い声がぴたりとやむ。

蛍は何がなんだかわからぬまま、青年の顔を見つめた。そして驚く。

漆黒の髪に、涼やかな藍色の瞳。冷たくも美しい面。――杏の林で会った青年だ!

先日と違い、今は髪をきっちりと結いあげ、冠をつけている。だが、鋭い美貌は間違えようもない。

彼のほうは蛍が誰だか気づかぬ様子だった。身なりがまるで違うから、当然かもしれない。

彼は蛍を横抱きにしたまま、さっそうと帝の前へと歩いていく。

「やさしいことだな、柊《ひいらぎ》」

からかうような声音が、御簾の向こうからかけられる。これが、帝の声。

柊、と呼ばれた青年は、無言で蛍をおろすと、帝の前でひざまずいて頭《こうべ》を垂れた。蛍も見よう見まねでそれにならう。

「よい、ふたりとも面をあげよ」

帝の声に顔をあげた蛍は、隣の柊を穴があくほど見つめる。――やっぱり、あのときの人だ。

柊も、こちらを見た。一瞬、けげんそうにしたあと、あ、とつぶやいて目を見開く。

「そなた――杏の」

「杏？」

帝の声がさしはさまれる。

「なるほど、杏の花か。たしかにあの小さな花のようにかわいらしい風情の娘だ。そなたにしては気の利いた喩《たと》えを言う」

「いえ、そういうことではなく――」

言いかけて、柊はやめる。つまびらかに説明すれば、蛍が帝の杏を食べたことがばれてしまう。だからやめたのだろう。

「さて、杏の君《きみ》」

帝の声が、蛍に向けられる。

「そなたに、知らせねばならぬことがある」

――わたしに、知らせねばならないこと……?

蛍は、御簾の向こうに目をこらした。帝の顔は、まるで見えない。朗々とした声だけが、ふりそそいでくる。

「そなたは、朱華姫に選ばれた」

蛍は、目をぱちくりさせた。

「あ……朱華姫」

「さよう。この国の護り神に仕える巫女姫だ。それにそなたが選ばれた」

――ええ!?

蛍は、いっきに混乱する。

「わ……わたしがですか？　どうして……」

「昨年、朱華姫をつとめていた者が亡くなった。だから新たに朱華姫となる者をさがしていたのだ」

「それは、ですが、どうしてわたしに」

「そうです、帝」

かたい声が居並ぶ官吏のあいだから投げかけられた。深紫の袍を着た、壮年の男性が前に進みでる。

「なぜその娘なのです。朱華姫候補なら、もっとふさわしい者がおります」

「たとえばそなたの娘か、右大臣《うだいじん》」

帝の言葉に、彼は渋い顔をする。

「そうは申しておりません。ただ、その娘の出は丹生。丹生家は貴族とはいえ、最下位の従五位《じゅごい》の下《げ》。朱華姫にふさわしい家柄かどうか」

「朱華姫は、五位以上の貴族の家から選ぶと決まっていたな。ちゃんと決まりにそっているではないか」

「それは……、ですが」

「それに、今でこそ五位にすぎぬが、丹生はながらく神祇伯を歴任していた由緒ある氏族だ。家柄がどうのというなら、申し分なかろう」

右大臣は苦虫を噛《か》みつぶしたような顔で黙りこむ。

しかし、とべつのところから声があがった。

「朱華姫は桃花司《きのつかさ》から選ばれるのが通例でございます。桃花司の女官は、そのために集められておりますれば」

「そんな決まりが令《りょう》にあったか？」

「い……いえ、そういうわけでは」

帝は、ゆったりと椅子の背にもたれかかった。御簾ごしでも、不敵な笑みを浮かべているのが見えるようだった。

「ほかに意見がある者は？」

「お……おそれながら、なぜその方を朱華姫にお選びになったのか、という問いにお答えになっておられませぬ」

「理由か」

帝はふいに、おごそかな声を出した。

「――夢を見たのだ」

官吏たちの顔に、とまどいの色が浮かぶ。

「夢のなかで、私は神々しく輝く光を見た。その光が、この娘をさしておったのだ。目が覚めて、私は確信した。この娘こそが次代の朱華姫であると」

おお……と、どよめきが広がる。

「なんと」

「ご神託だ」

「護り神さまがご指名なすったのだ」

「まことに……？」

ささやきかわされるそんな言葉を背に聞きながら、蛍はいまだ混乱のなかにあった。

――か、神さまが、わたしを選んだ……？

そんな。どうしてわたしなのだろう。何かの間違いじゃないのか。

朱華姫となれば、この宮に住まなくてはならない。護り神は宮の奥に祀《まつ》られているのだ。

近づいてはならないと母に言われた帝の宮に、住むなんて――いや、それ以前に朱華姫だなんて、神事など何も知らない自分につとまるわけがない。

どう断ればいいのだろう、と悩んでいると、帝の声が蛍にかかる。

「そういうわけだ。そなたは今からここで暮らすことになる。よいな」

「い……いえ、あの、わたしは……」

「住まいは内裏の奥だ。不自由のないよう万事とりはからう。ああ、そなた、丹生の家に乳母子がいるそうだな。その者を侍女として呼んでもよい」

「え、巴を……」

「聞けばそなた、丹生の家ではひどいあつかいを受けていたそうではないか。ここで暮らせば、もはやそんな心配はないぞ。うまいものもたらふく食える」

「たらふく……」

ごくりと蛍はつばを飲んだ。はっとしてかぶりをふる。そういう問題ではない。

「そういえば、母が病にかかっているとか。案じることはない、こちらでよく面倒をみよう。屋敷を用意して、そこで養生させる。よい医師をつけてやるぞ」

「え……！」

それには蛍の心が激しくゆれた。それならば、母の病もよくなるかもしれない。

「よいな？」

「あ、の……」

いいのだろうか。帝の言うことはどれも、とてもいいことばかりのように聞こえるけれど、何か、とてもまずい方向に、足を踏みだしている気がする。

帝がすっと胸を突くような、鋭い声を出した。

「蛍」

「間違えるな。私はそなたに、許可を得ようとしているのではない。知らせねばならぬ、と言ったであろう。するか、せぬか、選べと言っているのではない。覚悟を決めよと言っている。——そなたは朱華姫になるのだ」

蛍は、息をつめた。

——朱華姫に、ならなくてはいけない……。

それがどういうことなのか、蛍にはよくわからない。具体的に朱華姫とは何をするのか、何をしてはいけないのか。何もわからない。

うつむいていると、さらに帝が言葉を続けた。

「わからぬことがあれば、柊に訊け。これよりそなたの世話は、柊がする」

蛍は、ひっそりと隣に膝をついている柊を見る。彼から返ってきたのは、無表情だ。

「愛想はないが、生真面目《きまじめ》な男だ。腕も立つ。父親の私が保証しよう」

——父親？　帝が？

ということは……。

「えっ、皇子《みこ》さま？」

驚いた蛍に、帝が「そうだ」と答える。

「柊は私の二番目の息子だ」

「そ……そんな方が、どうしてわたしなんかの世話を」

「知らぬのか。柊はそなたの御召人《おめしびと》となるのだ。朱華姫の御召人。それは第二皇子《おうじ》がつとめるものと決まっている」

「お……おめしびと？」

「朱華姫の補佐をし、世話をし、護衛をする者だ。そなたの盾であり、剣であり、犬だ。まあ、下僕だと思えばよい」

「げっ、げぼく⁉」

皇子さまを？　とんでもない！

「なんでも言いつけるがよい。柊もそなたを気に入ったようだしな。——柊、朱華姫を〈泳《くくり》の宮《みや》〉へ案内しろ」

「はい」

柊は帝に一礼して蛍に向き直ったかと思うと、

「えっ」

いきなり、また蛍を抱きあげた。その状態で外に出ていこうとする。

「あ、あのっ、わたし、歩けますから……！」

さっきは裳すそを踏んづけてしまったが、注意していればきっと大丈夫だ。

だが、柊はおろそうとしない。

「そなた、足を怪我しているだろう。歩かせるわけにはいかぬ。これも俺の役目だ」

抱きかかえて移動することが？　そんな役目、本当にやらせていいのだろうか。

蛍はうろたえきっていたが、柊は涼やかな無表情をぴくりとも動かさず、殿舎を出ていった。

「先ほどの殿舎は、内裏の正殿だ。帝が昼のあいだ、政務をとる場所だ。その奥にあるのが後宮。きさきや皇女《ひめみこ》、皇太子《ひつぎのみこ》の殿舎もある。そして、さらにその奥にあるのが、

〈泳の宮〉――神をくりつける宮。そなたの住まいだ」

　蛍を抱えて回廊を歩きながら、柊は説明してくれた。内裏や泳の宮は、それぞれ回廊でくぎられている。行き来するには、門を通らねばならない。

　回廊についたひとつの門からなかに入ると、そこが泳の宮だった。

「……きれい」

　蛍は思わずつぶやく。広々とした敷地に、大きな池があった。水は透き通り、初夏の陽ざしを水面《みなも》にきらめかせている。

　その池のまんなかに、こぢんまりとしているが壮麗な丹塗りの楼閣が建っていた。楼閣からは赤い橋がのびていて、それが池のほとりにある殿舎からはりだした露台まで続いている。

「あの楼閣は、護り神の御座所《ござしょ》だ」

　その手前の殿舎が、蛍の住まいだという。柊は階《きざはし》をあがって殿舎の一室に入る。天井が高く、たくさんある扉はすべて開けはなたれていて、風通しがよい。正面に池が見えた。

　入り口の近くには、目隠しのための几帳《きちょう》が立てかけられている。白綾《しらあや》の、花鳥の地紋が美しい帳だ。板間の床には肌触りのよさそうな花氈《かせん》がしかれ、うしろには、花喰鳥文《はなくいどりもん》を色あざやかに染めだした極彩色の屏風《びょうぶ》が飾ってあった。

柊は花氈の上に蛍をおろすと、

「すこし待っていろ」

と言い置いて、どこかへ行ってしまう。広々とした部屋にひとり残されて、蛍はとたんに心細くなってきた。

──どうなるんだろう、わたし。

朱華姫だなんて──帝の宮に住むなんて。

──これでもし、先帝の娘だとばれたら、どうしよう。どうなるんだろう。

腰のうしろを、蛍は無意識のうちにさすっていた。あざのある場所だ。先帝とおなじあざが。

──宮中に、母と先帝の仲を知る人がいなければいいけれど……。

蛍があれこれと悩んでいるうち、柊が小さな壺《つぼ》をたずさえて戻ってきた。

「足を出せ」

帝は彼のことを『下僕と思え』などと言ったけれど、さすがに柊は下僕のような口のきき方をすることはない。しかし──足？

「えっ、あの」

柊は蛍の前に膝をつくと、裳すそをめくりあげ、怪我をしたほうの足をつかんだ。

「じっとしていろ」

柊は手早く蛍の足袋《しとうず》の紐《ひも》をほどいて、脱がせる。壺のふたを開けると、中身を足首に塗りつけた。ぬるっとして、冷たい。

「膏薬《こうやく》だ。よく効く」

塗った薬の上から、布を巻いていく。柊の所作は、てきぱきとして無駄がない。ぼうっとその動きに見とれていた蛍は、足袋をはかせられそうになって我に返った。

「あ、あの、それくらいは自分でできますから！」

「動くな」

鋭く言われて、蛍はぴたりととまる。柊は足袋をはかせると、丁寧に紐を結んだ。顔つきや声の冷たさとはうらはらに、その手つきは雛《ひな》に触れるかのようにやさしい。蛍は、だんだんと動悸《どうき》がしてきた。顔が熱くなってくる。

どうして――どうしてこの人は、ここまでしてくれるんだろう。こうやってかいがいしく世話をやくことが、御召人というものなのだろうか？　ほんとうに？

「仲睦《なかむつ》まじいな、ふたりとも」

とつぜん、声がして蛍は狼狽《ろうばい》した。この声は――帝だ。顔をあげると、あざやかな緋《ひ》色《いろ》の袍を着た男が入ってくるところだった。四十をいくらかすぎたくらいの歳に見える。端整な面《おも》ざしには、柊とよく似た鋭さがあった。

「帝」

柊はいずまいをただして、頭を垂れる。蛍が平伏しようとするのを、帝は制した。

「よい、楽にしていろ」

そう言って帝はふたりのそばへと近づき、花氈に腰をおろした。帝のあとから、柔和な面ざしのひとりの青年が続く。彼は帝のうしろに坐《ざ》した。

「この男は青藍《せいらん》という。むかしから私に仕えている巫術師《ふじゅつし》だ」

巫術師とは、まじないや祓《はら》いをする人のことだ。ふしぎな力を持っているというけれど。

青藍は頭をさげる。銀色の長い髪がさらりとゆれた。髪を結いあげるでもなく、くくるでもなく、背に垂らしている。青い袍は、この国のものとすこし形が違う。容姿といい、名前といい、隣国、霄《しょう》の国の人だろうか。銀や金の髪は、霄の人の特徴なのだ。

青藍は蛍と目が合うと、おっとりとほほえんだ。女人《にょにん》のように美しい人である。そのほほえみは春風のようで、なごむ。

「何かご用でしたか」

柊が問うと、帝は「うむ、ちょっとな」と答えて脇息《きょうそく》をひきよせると、ひじをもたせかけた。

「どんな様子かと思ったが、仲睦まじいようで安心した。そうでなくては御召人にならぬ」

頬杖《ほおづえ》をついて、帝はにやりと笑う。蛍は首をかしげた。

「どういうことですか？」

「なんだ、柊。そなた何も説明しておらぬのか」

柊は答えず、目を伏せた。帝が蛍に笑みを向ける。

「御召人とは、朱華姫の夫のことでもあるのだ」

「え――」

蛍は目を見開く。

――おっと？

「おっと、って……夫、ですか？」

「そうだ」

「で、ですが、朱華姫は神さまに仕える巫女で、だったら、夫なんていないはずでは」

「むろん、本当の夫ではない。真似事だ」

「真似事？」

「そなた、朱華姫と護り神の言い伝えは、どのくらい知っておる？」

「どのくらい……あの、たぶん、皆がふつうに知っているくらいには」

そのむかし――。

朱華姫と呼ばれる少女がいた。

あるとき彼女が楽《がく》を奏していると、その音色に誘われて、ひと柱《はしら》の神さまが、はるか東の海の果てにある神さまたちの宮、〈楽の宮《ささらのみや》〉からやってきた。

朱華姫は、琵琶《びわ》に阮咸《げんかん》、横笛と、あらゆる楽を奏でては神さまを楽しませ、美しい舞を舞っては喜ばせた。彼女の舞楽をいたくお気に召した神さまは、以来この地にとどまり、護り神となったのだ。

「……という、話ですが」

蛍がちまたによく伝わっている話をすると、帝は軽くうなずいて、

「その話には、続きがあるのだ」

と言った。

「朱華姫の舞楽を気に入った神は、彼女を自分の妻にして〈楽の宮〉につれ帰ろうとしたのだ。困った姫は、『わたしにはすでに夫がいる』といって神の求婚をしりぞけようとした。神は承知しない。『夫がいるというなら、見せてみよ』と要求した。

そこで姫は、帝に助けを求めた。帝は皇太子《ひつぎのみこ》をつかわし、夫のふりをさせた。ところが、神はそれを見抜いてしまう。帝はつぎに第二皇子をつかわした。ふりだと見抜かれぬよう、ふたりが仲のよい夫婦を演じたところ、神はそれを信じて、しぶしぶ姫を〈楽の宮〉につれさることはあきらめたそうだ」

「それで今でも、第二皇子が夫のふりを？」

「そうだ。つねにそばにいるのだから、自然、補佐と護衛が役目になる。姫の世話係のようなものだから、〈御召人〉と」

そこで帝は、からかうようなまなざしを柊に向けた。

「神に姫を奪われぬよう、役目にはげむのだぞ、柊」

柊は生真面目に「はい」とうなずいた。

帝は腰をあげた。帰るのかと思ったら、蛍、と呼ばれる。

「ついて参れ。そなたに楼閣のなかを見せてやろう。――ああ、柊、そなたはここで待っておれ」

立ちあがりかけた柊を帝は制する。柊はすこし眉をよせた。

「……しかし、姫は足を怪我しております。あそこまで歩けませぬ」

「い、いえ、歩けないということは」

口をはさんだ蛍を、柊はじろりとにらんだ。

「むりをすれば、悪くなる。そなたはしばらく歩くべきではない」

「そんな」

無茶な。と思ったが、柊は大真面目にそう思っているらしかった。

やれやれ、と帝が息をついた。

「心配性なことよ。世話をすることと甘やかすことは違うぞ、柊。まあよい」

帝はなんの前置きもなく、ひょいと蛍をかつぎあげた。変な悲鳴が蛍の口からもれる。

「これで文句なかろう？」

言って、帝は開けはなたれた前方の扉から露台へと出る。青藍が静かにそのあとについてきた。露台から楼閣へと続く橋を運ばれながら、蛍は帝の肩越しに柊を見やる。柊は眉をよせて、なんだかむずかしい顔をしていた。

「十六だと聞いていたが、そなた、ずいぶんほそっこいな。女童《めのわらわ》のようだ。もっと肉をつけよ」

楼閣のなかに入って蛍をおろした帝は、そんなことを言った。

「はあ……」

あいまいにうなずきながら、蛍は楼閣内を見まわす。楼閣は、八角形をしていた。外から見たとおり、広い建物ではないが、そこここに玉《ぎょく》や金銀を惜しげもなく使った装飾が美しい。壁際にひとつ、螺鈿《らでん》細工も見事な赤漆《せきしつ》の厨子《ずし》が置かれていた。

絢爛《けんらん》な楼内はさすがに神の御座所という感じだが、そんな場所にずかずかと足を踏み入れてよかったのかと、蛍は不安になる。

「ここは……神さまのお住まいなのですよね？　勝手に入ってしまっても、いいのでしょうか」

かといって、『お邪魔します』とことわったところで返事があるわけでもないのだろうが。神さまは、目に見えるものではないという。だから、今も見えはしない。

「うむ。本来は、よくない。帝といえどここには入れぬ決まりだし、朱華姫とてしかるべき儀式の折にしか入れぬ」

「えっ……では、どうしてですか。神さまがお怒りになるかも」

「神は、怒らぬ」

帝は短く言って、厨子のほうへとゆっくり歩みよった。

「そなたに、言っておかねばならぬことがある」

厨子に手を触れて、表面をなでる。それから蛍をふり返った。

「これを見よ」

帝は厨子の扉を開けた。

厨子のなかをまじまじと眺めて、蛍は困惑する。

「……？　あの、何もありませんが……」

厨子のなかは、からっぽだった。

「さよう。何もない。――ここには、本来なら、神器《じんぎ》がおさめられているはずだった」

神器――神さまがくださったもののことだ。それが、ない？

「なぜですか？」

「十六年前の反乱の折、盗まれたのだ」

蛍は驚く。

「盗まれた？」

そんな話、聞いたことがないが。盗まれたなら、もっと大騒ぎになっていそうなものなのに。

「知らぬのもむりはない。このことはかぎられた者以外、知らぬことだ」

帝は厨子の扉を閉めた。

「よいか、蛍。ことは神器だけの話ではないのだ。もっと大事なものが、ここにはない」

「もっと、大事なもの……？」

帝が返した言葉は、ひとことだった。

「神だ」

蛍は、ぽかんとしてしまった。

「え？　かみ——神さま？」

そうだ、と帝はうなずく。

「この国の護り神。その名を千依神《ちよりのかみ》という。その神が、いなくなったのだ」

蛍は、言葉を失った。

――神さまが、いなくなった⁉

「ま――まさか、そんな」

「私も先代の朱華姫から聞いたときには、そう思ったのだがな。だが、千依神の去ったしるしは、まぎれもなく現れている。年々ひどくなる不作、不漁。夜にとどまらぬ穢れ神の横行。そなたもよく知っているあの病――〈霊腐《みたまくた》し〉の蔓延《まんえん》。護り神を失ったために、穢れを防ぎきれぬ」

帝はため息をついた。

「あの病は――神さまがいなくなったせいなのですか」

蛍の母がかかっている病。それが――。

「どうして、そんなことに」

「なぜかはわからぬ。神器が奪われたせいか――あるいは朱華姫が殺されたせいか」

「殺された……」

「当時の朱華姫は、あの反乱の夜、この楼内で事切れていた。からになったこの厨子の前で」

蛍は厨子の前からあとずさる。――ここで？

「神の加護を失った国はもろい。とりあえず今は、青藍が巫術で穢れをいくらかおさえてくれてはいるのだがな」

帝は壁際にひかえている青藍を見やる。

「青藍は、もとは霄の国の人間だ。巫術師の家系の出でな、八つの歳から私に仕えている。霄は巫術の本場だが、そのなかでも随一の術者だ」

青藍は視線を落とし、力なく首をふる。

「私の力では、神の代わりはつとまりませぬ。私は、雪崩《なだれ》がおきるのをすんでのところで押しとどめているようなもの」

おだやかな声音で青藍は言った。

「一刻も早く、千依神をお戻しせねば」

「戻す……？　戻せるのですか？　どうやって？」

「それをこの十六年のあいだ、模索しているのだ。言い伝えのように、朱華姫の舞楽に誘われてくれればよいのだがな。だが、先代の朱華姫が十五年かけても神は戻らなかった」

話を聞いているうち、蛍は、はたと気づいた。

「――あの、お待ちください。神さまがいらっしゃらないのなら、夢でわたしを朱華姫にと神託があったというのは」

帝はにやりと笑った。

「気づいたか。あれは嘘だ」

「う——嘘⁉」

「しかたあるまい。皆を黙らせるにはああ言うのが一番だ。私が選んだのではない、神が選んだのだと言えば、誰も表立って文句は言えん。内心うたがっていてもな」

「そ、そんな……」

やむをえないとはいえ、偽託《ぎたく》するなど、神罰がおそろしくないのだろうか。いや、その罰をくだす神がいないのか。いやでも……。

ぐるぐるそんなことを考えていた蛍は、またひとつ、疑問が頭をもたげた。

「ですが、それでは、何が理由でわたしを選んだのですか？」

「うむ、そこが大事なところだな。——朱華姫は、貴族の娘のなかでも、とくに歌舞音曲《かぶおんぎょく》に秀でた者が選ばれる。千依神が舞楽を好むからだ。しかしな、この朱華姫選びは、非常に面倒なのだ」

「面倒……ですか？」

「朱華姫自身は、政にはいっさいかかわらぬ。神に仕えるのみが役目だ。しかし、その親族は違う。朱華姫となった娘の父には褒賞《ほうしょう》として高位の官位が与えられる。家格もあがる。名誉もえる。だから官吏たちは、やっきになって自分の娘を朱華姫にしようとする」

だがな、と帝は腕を組む。

「私は今、どこかひとつの氏族に力を与えたくないのだ。たとえば右大臣。あの者に権力が集まると、少々やっかいなことになる。かといって、ほかの者ならよいかといえばそうでもない。政の力の釣り合いをとるというのは、じつに面倒なのだよ。そこで、そなただ」

と、帝は蛍を指さした。

「わたし……？」

「そなた、父がおらぬそうだな。どこの誰ともわからぬとか」

蛍は、ぎくりとする。

「は……、はい」

「父が知れぬのでは、そしられることも多かろうが——私には好都合だ。権力を与えずにすむ」

帝は、蛍の父が誰であるかは、まるで知らないようだった。蛍はいくらか安堵《あんど》する。

「貴族の娘でそのような身の上はめったとない。そなたを見つけたのは僥倖《ぎようこう》だった」

「……あの、どうやって、わたしのことを見つけたのでしょう」

帝は笑った。

「柊だ」

「柊さま……？」

「あやつにはいちおう、供人《ともびと》をつけてある。いやがるので気づかれぬよう、遠くから見守らせているだけだがな。その供人が、そなたのことを報告してきた。柊といっしょにいたと」

「いっしょに……」

蛍は、はっと青ざめた。

「それでは、杏のこともご存じなのですか？」

「ああ。うまそうに食っておったそうだな」

「も、申し訳ありません……！」

蛍は平伏する。ばれているとは思わなかった。

「よい。そんなことでとがめだてするわけなかろう。馬鹿馬鹿しい」

帝は面倒そうに手をふる。

「柊に想い人《おもびと》でもできたかとおもしろがっておったのだがな、そういうことではないらしいと知ってがっかりした。だが、そなたが父親のおらぬ貴族の娘だと聞いて、これは使えると踏んだのだ」

「……使える……」

「気を悪くするな。使える者などそうはおらぬ。よいか、そなたを選んだのは、政の都合だけではない。より重要なのはな、やはり神のことなのだ」

「神さまの?」

「神がいなくなったことを、先代の朱華姫から聞いたと言ったであろう。朱華姫には、神が見えるのだ。正しくは、見えるようになる、だ。朱華姫就任の儀で神の祝《しゅく》を受けると、その姿が見えるようになるそうだ」

「でも……今は、神さまがいらっしゃらないから」

「見えることはない、ということになる。そうなると、神の不在がばれてしまう」

それはまずい、と帝は言った。

「先代の朱華姫は、私の伯母《おば》だ。むかし、朱華姫をつとめていたことがある。神器がない、朱華姫が殺された、などということをいたずらに外にもらされてはかなわぬのでな、信頼できる者を選んだ」

ところが、そこで神がいないことがわかった。

「それではおいそれと新たな朱華姫を立てるわけにもいかぬ。先代は高齢をおして朱華姫をつとめてくれたが、昨年とうとう亡くなった。朱華姫をいつまでも選ばぬわけにもいかぬ。困っておったところにそなたが現れた。そなたなら、なれるだろうと思ったのだ」

「朱華姫に、ですか……?」

「いいや。ともに罪を犯す者に、だ」

蛍は息をのんだ。

帝は、柊とよく似た鋭い瞳で蛍を見すえている。

「神がおらぬのに、朱華姫にはなれぬ。だが、そなたは朱華姫にならねばならぬ」

「朱華姫にはなれないのに……朱華姫のふりを……神さまがいらっしゃるふりを、しなくてはならない、ということですか……？」

「そうだ。神の不在を知る者は、私と、青藍、そなたの三人。われらは、この国すべての者をあざむかねばならぬ。神が戻るその日まで」

蛍は、無意識のうちに、首をふっていた。そんなだいそれたこと、できようはずもない。

「よいか、蛍。そなたを選んだ一番の理由はな——そなたなら、裏切らぬと思ったからだ。そなたは、拒むことなどできぬ」

帝は目を細めた。

「そなたの母は、すでにとある屋敷に移した。私だけが知る隠れ家だ」

蛍の胸が、すっと冷えた。

「わかるか。母を生かすも殺すも、私の一存だ。そなたは母を見殺しにはすまい。母のために、伯父の仕打ちにずっと耐えてきたそなたなら」

蛍は、衣をぎゅっとにぎりしめる。——『使える』というのは、こういうこと。

「わが君……」

青藍が、責めるような声をあげた。

「母君を質にとるなど……そこまでなさらずとも」

「悪い話ではないぞ、蛍。逆らわぬかぎり母は最上の待遇を受けられるのだ。それに、そなたはただここでおとなしく暮らしておればよいだけだ。何もむずかしいことはなかろう？」

「……神さまが戻られるまで、ですか……？」

「ああ——そう言ったが、正しくは、三年だな」

「三年？」

「それ以上は、青藍の術が持ちこたえられぬ。三年で神を戻すことができなければ、もはや隠しておくことは困難だ。公にせねばならぬ。だから、そなたが朱華姫のふりをするのは、三年のあいだだけ、ということだ」

三年——それくらいなら、ふりもできるかもしれない。

「朱華姫は、年に数度、儀式を行わねばならぬ。だが、それ以外はこの宮で舞楽を奏しておればよいだけだ。さしあたっては、先ほども言った就任の儀——〈言祝《ことほぎ》の儀〉だな。これはひと月後に行われる。それまでに学ばねばならぬこともあるだろうが……まあ、むずかしいことはあるまい。何かあれば柊を頼れ。あれは事情があって人がよりつかぬ男だが、いたって真面目でやさしい」

——事情？

「よければ仲良くしてやってくれ。これは帝としてではなく、父親としての頼みだがな」

神の不在に、朱華姫のふりに——いろんなことにまだ頭のなかが混乱したまま、蛍はぼんやりとうなずいた。


「ほら、柊。姫を返すぞ」

楼に向かったときとおなじくかついできた蛍を、帝は柊に渡す。

べつに下におろしてくれればよかったのだが、と柊に抱きかかえられながら、蛍は思う。

「蛍、そなたの膳には肉と乳を多めにしてやろう。儀式の前以外なら精進潔斎《しょうじんけっさい》もいらぬからな。もっと肉をつけて十六の娘らしくならねば、神も喜ばぬ」

帝は高らかに笑い、青藍をつれて去っていった。

肉……、とつばを飲みこんだ蛍は、きゅう、とお腹が鳴ってあせる。聞こえただろうか、と柊を見あげれば、彼はなぜだか驚いたような顔で蛍を見ていた。お腹が鳴ったことが、そんなに驚くようなことだろうか。

「あ、あの、今のは――」

「そなた……」

「はい？」

「十六というのはまことか？」

「え？　はい。そうですが……？」

柊は、しばし愕然《がくぜん》とした様子でいたあと、ゆっくり蛍を花氈の上におろした。

「――すまぬ。てっきり、十二、三の女童だと思っていた」

「あ、ああ……」

そういえば、先日もそんなあつかいだったことを蛍は思い出す。やっぱり、子どもだと思っていたのか。

「いえ、お気になさらず……。ああ、それであんなにもかいがいしく世話をしてくださったのですね」

薬を塗ってくれたり、足袋《しとうず》をはかせてくれたり、抱きかかえたり――子どもだと思っていたからか。

そう納得した蛍だったが、柊は、いや、と否定した。

「それは俺の役目だからだ。子どもであろうとなかろうと、関係ない」

「え……そ、そうですか」

蛍は、にこりともしない柊の顔を眺める。

「……あの、こんな役目、いやではないのですか？」

いくらしきたりと言ったって、皇子なのに、他人の世話をしなくてはならないなんて。

「いやではない」

柊はあっさりと答える。

「そなたは、いやか」

「え？」

「俺が御召人では、いやか？」

そうたずねる柊の瞳に、ふとさびしげな翳《かげ》がよぎった気がして、蛍はあわてて首をふった。

「いえ――いえ。そんなこと、ありません」

柊のことはまだよくわからないが、やさしい人だというのは知っている。不満などあろうはずもない。

「俺は、先代の朱華姫に恩がある。それを返さねばならぬ」

「先代の……？　あ、先代のときも、柊さまが御召人をなさっていたんですか？」

「いや。先代は、『神さまもこんな婆《ばば》を嫁にしたいとは思わぬであろう』と、御召人を必要としなかった。個人的に、恩があるのだ。だから俺は、朱華姫を――そなたを守る

刺す。
　強いまなざしで見つめられて、蛍はどきりとした。同時に、ちくりとした痛みが胸を
と決めている」
　――でも、わたしはほんとうの朱華姫じゃありません。
　口からこぼれかけた言葉を、蛍はのみくだす。
『この国すべての者をあざむかねばならぬ』――帝の言葉がよみがえる。それはとりも
なおさず、柊もふくむのだ。
　守ると言ってくれるこの人を、あざむき続けることなんて、できるだろうか。
　――わたし、どうなるんだろう。
　この部屋に入ったとき思ったことを、今は違った心持ちで、また、思った。

第二章

はがねの皇子《みこ》

朝を知らせる鐘の音が聞こえる。

蛍《ほたる》はうっすらと目を開けた。

この都では、日の出とともに鐘が鳴らされる。門を開ける合図だ。

都の出入り口である大門《おおもん》、大路と交差する小路に作られた十二の門、そして春楊宮《しゅんようきゅう》にもうけられた四つの宮門《きゅうもん》。これらすべてが、夜にはかたく閉ざされる。

夜は、穢《けが》れ神《がみ》の跋扈《ばっこ》する世界だからだ。穢れ神のはなつ瘴気《しょうき》に触れると、病になったり、死んでしまったり、悪いことがおきたりするという。だから穢れが入りこまぬよう、日が落ちるとともに門にはとくべつな鍵がかけられる。〈鎖戸《さしと》〉と呼ばれるしきたりである。

いくつめかの鐘の音で、蛍はがばっとおきあがった。

――かまどに火をおこさなきゃ！

あわてて準備しようとして、蛍は、自分が黒檀《こくたん》の立派な床《しょう》に寝ていたことに気づいた。

一瞬、ここはどこだろう、と思う。

——ああ、そうか。わたし、今、春楊宮にいるんだ。

「蛍さま。おきてらっしゃいます?」

部屋の外から声がして、蛍は「うん」と返事をする。扉を開けて入ってきたのは、巴《ともえ》だ。昨日からさっそく、侍女として来てもらったのだ。

花の彫刻がほどこされた銀のたらいにくんだ水で顔を洗うようううながして、巴は櫃《ひつ》から衣をあれこれととりだす。

「まあ、どれもこれもすばらしい衣ですよ、蛍さま!」

絹の衣に、錦の帯、やぶれてしまいそうなほど繊細な紗《しゃ》の領布《ひれ》。

「どれになさいます?」

顔を洗った蛍は、手巾《しゅきん》で水滴をぬぐいながら、

「うーん……なんでもいいわ」

と気乗りしない声を返す。これからのことを思うと、お腹のあたりがずんと重くなって、とても衣を選ぶどころの気分ではない。

「じゃ、この若菜色の衣に、浅葱《あさぎ》の上衣《うわぎ》、山吹《やまぶき》の裳《も》にしましょうよ」

朱華姫《あけひめ》のふりをする、なんてことをまったく知らない巴は、うきうきと衣を蛍にあてがう。袖を通した衣は、絹のとろりとした肌触りがとても気持ちいい。花葉文《かようもん》が染めだ

された上衣に、金糸銀糸《きんしぎんし》の織りこまれた帯――次から次へと華やかな衣が蛍をいろどっていく。

「蛍さまのこんなお姿を、見られるようになるなんて……」

巴が涙ぐむ。あいかわらず、泣き虫だ。

「燈《あかり》さまがごらんになったら、さぞかし喜ばれるでしょうに」

お母さまが今のわたしを知ったら――きっと、心配するだろう。あれほど帝の宮には近づくなと言われていたのに。

髪を結って寝所《しんじょ》を出ると、扉のすぐ横に柊《ひいらぎ》がもたれかかっていたので、蛍は驚いた。

「ひっ、柊さま？　どうしたんですか？　こんなところで」

「そなたを迎えに来た」

柊は無表情に言ったかと思うと、いきなり蛍を抱きあげた。

「えっ、あっ、あの」

「珠《たま》の間《ま》に、朝餉《あさげ》の支度ができている」

「そ……それって、昨日の部屋ですよね？　あの、わたし、自分で歩いていけますから」

「そなたを歩かせるわけにはいかぬ」

涼やかな瞳で柊は蛍を見おろす。

「小さな生き物は、わずかな怪我でも命とりになることがある。たかが足をくじいたくらい、と思うものではない。油断するな」

「小さな生き物……」

小動物とおなじあつかいなのか。

柊はやすやすと蛍を抱えて廊《ろう》を歩いていく。肩ごしに寝所の前で笑って手をふる巴が見えた。


着替えや湯浴《ゆあ》みといったことの世話はさすがに巴がするが、それ以外で蛍のそばにいるのは柊の役目である。柊もまた、この殿舎で寝おきしていた。朱華姫と御召人は、おなじ殿舎に暮らさなくてはならない。夫婦という姿を神に見せるためである。

柊は、以前は授刀衛《じゅとうえ》という、帝の護衛をつとめる役目についていたそうだ。三年前に地方で反乱がおきたさいには、帝の名代《みょうだい》として大将となり、ずいぶん活躍したとも聞く。腕が立つ、と帝が言ったとおり、強い人なのだろう。柊は今も腰に大刀《たち》を佩《は》いていた。

珠の間に入ると、朝餉のいいにおいがして、お腹が正直に反応する。わたしは柊さまの前でお腹を鳴らしてばかりだ……、と恥ずかしくなる。柊は、並べられた膳の前に蛍をおろした。

いいにおいをただよわせているのは、羹《あつもの》だ。湯気のたつ椀《わん》から、鰯《いわし》のだしの香りがする。すまし汁のなかにひとつ、白くて丸いものが入っているが、何かわからない。

「鯛《たい》のすり身でございます」

給仕係の女官が説明してくれた。

鯛の身をすり鉢ですって練り、蒸すのだという。汁のなかに散らされているのは、わさびの葉と茎。膳にはほかに、稚年魚《ちあゆ》のあめ煮、あわびのうに和《あ》え、鴨《かも》のあぶり肉、すみれ菜のひたしもの……と、おいしそうなものがいっぱい並んでいる。昨日の夕餉も豪華だったが、朝餉もすごい。女官の説明を聞くあいだ、蛍はよだれがこぼれそうになるのを必死にこらえた。

「はあ……おいしい」

羹に口をつけた蛍は、感嘆の息を吐いた。だしのやわらかな旨味《うまみ》が喉の奥にしみこんでいく。伯父の家にいたころは、羹といえば青菜やきのこを入れただけのものだった。

すべての料理に感動しつつ、じっくりと味わって食べ終えると、女官が高坏《たかつき》に盛った桃を運んできた。給仕してくれる女官たちはいずれも美しいが、むだ口はいっさいたたかず、表情を変えもしない。が、その女官が、柊の前に高坏を置いて立ちあがろうとしたときだ。脇にあった水差しにひじがあたり、倒してしまった。水が柊の袍《ほう》にかかる。

女官の顔が、たちまち真っ青になった。

「もっ……申し訳ございません！」

女官はひどくおびえた様子で、何度も額を床にこすりつける。手がふるえていた。

対する柊はといえば、ごく冷静に手巾で袍をふいている。怒っているそぶりなどまったくないのに、女官はどうしてこうもおびえるのだろう、と蛍はけげんに思う。

「これしきのこと、どうということはない。もうさがれ」

柊が言うと、女官は青い顔のまま、逃げだすように部屋を出ていった。

「……?」

蛍が首をかしげて女官の出ていったほうを眺めていると、

「姫」

と柊に呼びかけられた。その呼び方には、落ち着かなくなる。慣れないし、ふさわしくない。

「あの、『姫』はやめてください。『蛍』でいいので」

「だが、そなたは朱華姫だ。ならば姫と呼ぶのが正しかろう」

いいや、朱華姫ではない。だから、姫なんて呼ばないでほしい。

——などと言うわけにもいかず、蛍は口をつぐむ。

柊はそんな蛍の顔をじっと見たあと、

「いやなのか?」

と訊いてきた。いや、と言うとちょっと違う気もするが、まあ、そんなものだ。蛍は、うなずいた。

「そうか。ならば、承知した。そなたのことは、蛍と呼ぼう」

「あ……はい」

あっさり納得した柊に、蛍は拍子抜けする。いやだ、と言えば受け入れてくれる、ということに、妙に感動してしまった。丹生《にう》の家にいたころには、そんなことはありえなかったからだ。

蛍、と柊があらためて呼びかけてくる。

「そなた、今日から教師がつくのだろう。何かいるものはあるか」

蛍は、この国の歴史も、地理も、隣国のことも、ほとんど何も知らない。八歳のころから母を看病して、十歳のころからは下働き同然にすごしてきたので、貴族の子女なら当然持ち合わせている知識がないのだ。くわえて、朱華姫には欠かせない舞楽も、笛以外は何もできない。笛ですら、母に少々教わった程度だ。これではまずいというので、それらすべてを学ぶことになったのである。勉学のほうは、大学頭《だいがくのかみ》がじきじきに来てくれることになっている。

「いるもの……ですか」

「紙や筆なら、ここにそろっている。紀伝《きでん》などを書写したいなら、紙を巻物に仕立てねば――」

書写、と聞いて蛍は黙りこむ。そもそも、根本的に大きな問題がひとつあることに、今さら気づいたからだ。

「あの……柊さま。わたし――」

「――読み書きができぬと⁉」

泳《くくり》の宮にやってきた大学頭は、蛍が文字を読むことも書くこともできないと知って、仰天した。

「あなたさまは、貴族のお生まれとうかがっておりましたが。いったい、今まで何をなさっていたのでございますか」

炊事洗濯掃除です――と思いながら、蛍はうなだれる。

「大学博士でも解読のむずかしい神代文書《かみよもんじょ》ならともかく、紀伝くらい、貴族のご息女なら読めて当然、朱華姫ともあればそらんじる程度でなくては困りますぞ。いやはや、こんな朱華姫は前代未聞でございますよ」

大学頭はあきれ果てたため息をつく。

「よもや文字を知らぬとは……。なげかわしい。そのような身で朱華姫とは。私めも、小さな子どもに教えるようなことを一から教えていられるほど、暇ではありませぬ」

大学頭のひとことひとことに、蛍は羞恥《しゅうち》で身をちぢめる。十六にもなって、ろくに文字も知らない娘。いったいどんな暮らしをしてきたのか、と侮蔑するような大学頭の視線が突き刺さって、いたたまれない。

うつむいて身を小さくしている蛍の背中に、静かな声が投げかけられた。

「――ならば、俺が教えよう」

柊である。うしろに控えていた柊が、大学頭に目を向ける。

「それでよかろう。以後、朱華姫の教育は俺がひきうける。そなたは大学寮に戻るがいい」

静かだが、鋭く威嚇するような声音に、大学頭はひるんで言葉につまる。

「そ……、それで、皇子《みこ》さまがよろしいのでしたら、私めは何も」

「よいと言っている。去れ」

「はっ」

大学頭はそそくさと部屋を出ていく。柊は立ちあがると、奥にある厨子棚《ずしだな》からひとつの箱をとりだし蛍のかたわらに座った。蛍の前にある卓に、その箱を置く。螺鈿《らでん》と紅玉で花葉文をかたどった美しい箱だ。蓋をとって、柊はなかから麻紙《まし》をとりだした。

「蛍。歴史のたぐいは、俺が読み聞かせよう。書きとりは必要ない。文字は一から教えてやる。ゆっくり学べばよい」

「……すみません」

「あやまることではない。人には人の事情がある。文字を知らぬからといって、糾弾されねばならぬ道理があろうか」

蛍は目をしばたたいて、顔をあげる。

「さいわい、俺は暇だ。そなたのそばにいること以外、することがないのだからな」

柊の声は、淡々とはしているが、大学頭に向けられた冷え冷えとしたものとは違い、とてもやわらかだった。その声に、胸のなかがふんわりとあたたかくなる。

蛍はぺこりと頭をさげた。

「……ありがとうございます。よろしくお願いします」

そう言うと、柊は、やさしげにほほえんだ。

――うわあ……。

ふだん無表情で冷たく見えるだけに、その笑みはひどくまぶしかった。蛍は、顔が火照《ほて》るのを感じる。どくどくと、急に胸が騒がしくなってきた。

この日から、柊の教授がはじまった。


「東の海の果てには〈楽《ささら》の宮〉、西の海の果てには〈幽《かくれ》の宮〉があるという」

柊は紀伝を手に、昔話を語り聞かせるように言う。

「このふたつの宮は、神々の国だ。〈楽の宮〉は清き神の国、〈幽の宮〉は穢れ神の国。

そのむかし、楽の宮から、罪を犯したひと柱《はしら》の神が、切り刻まれて海へと流された」

「き、切り刻まれて？」

蛍は、思わず口をはさむ。そうだ、と柊はうなずいた。

「切り刻まれた神の体は海に散り散りになり、やがてその体から土が生まれ、岩が生まれ、緑が生まれ、ついには島となった。これが、今ある国々だ」

神の死体から国が生まれた……と思うと、ふしぎな気分だ。

蛍は、柊が書いてくれた国々の名前を眺める。それをまねて自分でも書いてみたが、手本とはまるで異なるいびつな文字が並んだ。見て書いているのに、こうまで下手《へた》くそになるのはどうしてなのだろう。毎日教わっているのに、どうにも進歩が見られない気がする。

「こういうことは、すぐさま上達することはない。日々の繰り返しが大事なのだ」

落ちこむ蛍に、柊が言って筆をとった。

「持ってみろ」

「え？　あ、はい」

言われたとおり、筆を手に持つ。その上から、柊が自分の手を重ねた。

「筆を持つときは、あまり力を入れすぎるな」

「は……は、い」

柊が蛍の手をにぎって、筆を動かしはじめる。蛍の胸のなかで、鞠《まり》がはねているような感じがする。ぽこぽこ暴れて、ちっともおさまらない。

「文字を書くときにはな、ところどころ、こつがあるのだ」

柊が蛍のうしろから、紙をのぞきこむ。抱えこまれるような格好になって、蛍の胸は、ますますせわしなくなった。

「この文字は、ここの部分に丸があるようなつもりで――」

柊の低くやわらかな声が上からふってくる。鋭い刃《やいば》のような柊の声は、蛍に教えさとすとき、やさしい風のようになる。

胸のなかが暴れすぎて、息が苦しくなってきた。もう限界だ！　と蛍は口を開いた。

「ひ……柊さま！　あの、足が、足が――」

「痛むのか？」

柊が手を離し、蛍の足を見おろす。

「い、いえ、しびれてしまって……」

柊から離れる口実、というわけではなく、本当に、しびれていたのだ。怪我した足をかばって、ずっと横座りしていたせいだ。

ぴりぴりとしびれる足をさすっていると、柊は苦笑気味に表情をゆるめた。

「今日の学習は、ここまでにするとしよう」

「あ、いえ、まだできます。ごめんなさい」

「いや、そなたに案内せねばならぬところがある。今日はこれからそちらへ向かおう」

「そちらって？」

「禊《みそぎ》の川だ。そなたには大事な場所だ。儀式の前はもちろん、朔《さく》のめぐりごと、その川で禊をすることになる」

「さく？」

「月の見えぬ日のことだ。穢れ神の瘴気が強くなる」

なるほど、と蛍はうなずく。今はいいけれど、冬は寒そうだ、などと思う。湯ではいけないのだろうか。この宮には湯殿《ゆどの》もあって、あたたかな湯につかることができる。あれはとても気持ちがいい。

「馬を用意する。待っていろ」

そう言って柊は殿舎を出ていった。

泳の宮の門を出た柊は、馬寮《めりよう》に向かった。そこに厩《うまや》があるのである。

「安斗《あと》を出してくれ。出かける」

厩についた柊は馬丁《ばてい》に言って、栗毛の美しい一頭の馬に鞍《くら》をつけさせた。安斗、というのがこの馬の名前である。柊の馬だ。

「今日は久しぶりに遠出をするぞ、安斗」

首をなでてやると、安斗はうれしそうに鼻づらを肩にこすりつけてくる。このところかまってやれなかったので、喜んでいるのだろう。

「――先ほど〈刃金《はがね》の皇子《みこ》〉が馬寮に入るのを見たが」

外から聞こえてきた話し声に、柊は手をとめた。

しっ、とべつの声がする。

「厩にいる」

話し声は一度やみ、それからひそひそと聞きとれぬものになった。安斗がぶるぶると顔をふる。柊は無言でその顔をそっとなでた。

刃金の皇子というのは、柊につけられた名だ。刃金とは、鉄よりかたい金《かね》のことだ。武官としての柊の強さをたたえてつけられた名というが――それが表向きの理由にすぎないことを、柊は知っている。

――刃金のように、けして傷つかぬ皇子。

――呪われた皇子。

――化け物のようだ。

柊は安斗をなでるのをやめて、手綱を引く。厩から出ると、近くにいた男たちがぎくりとしたように柊を見た。兵衛府《ひょうえふ》の者たちだ。馬寮では、馬に乗って訓練する兵も多い。

彼らは脇にのいて柊のために道をあけた。その目には畏怖の色が浮かんでいる。おそろしいのだ。柊が。

行き会う者は皆、柊を避けていく。一様に、おびえと嫌悪をないまぜにした目をして。柊に近づく者も、声をかける者もいない。

もはや、見慣れた光景だ。柊はそのなかを、無表情に進んだ。


蛍は泳の宮の門の前で、柊を待っていた。前の大路を、幾人もの官吏が忙しそうに行き交っている。春楊宮には宮殿のほか、いくつもの官衙《かんが》が建ち並び、高官から下級官吏まで、たくさんの者がつとめている。

通りすぎる官吏のなかに、見おぼえのある顔を見つけて、蛍は「あ」と声をあげた。向こうも蛍に気づいて、近づいてくる。

「これは、蛍さま」

神祇伯《じんぎはく》である。背後に数人の神祇官をひきつれていた彼は、蛍の前まで来ると丁寧に礼をとった。

「足のお加減はいかがですか」

「もう大丈夫です」

それはよかった、と神祇伯は実直そうな顔に笑みを浮かべる。四十前の若さで神祇官の長官をしているのだから、そうとう優秀なのだろうが、切れ者というよりは朴訥《ぼくとつ》とした印象の人である。

「おひとりなのですか？　柊さまは？」

「厩のほうにいらっしゃいます。禊に出かけるので」

「ああ、なるほど」

神祇伯はうなずく。それから迷うように、すこし顔をくもらせた。

「……このようなことを申しあげては、不敬にあたるのですが」

神祇伯は声を落として、ささやくように言った。

「柊さまには、あまりお心を許されますな」

蛍はぽかんとした。「……え？」

「しきたりとはいえ、柊さまは、御召人にふさわしいとは思えませぬ」

「どうしてですか？」

神祇伯さま、とうしろに控えていた神祇官がとがめた。

「そのようなこと、誰かの耳に入れば咎を受けまする」

「だが、蛍さまに何かあってはなんとする」

――何かって。

神祇伯は、小声で続けた。

「……この宮中で、柊さまをおそれぬ者はおりませぬ。化生《けしょう》だと」

化生──化け物。化け物？　蛍は困惑した。柊は、どこからどう見てもふつうの青年だ。

──でも、そういえば……。

いつぞや、柊の衣に水をこぼした女官は、ひどくおびえていた。宮中の者は皆、ああして柊をおそれているというのか。化け物だから？　化け物って、いったい。

「柊さまは、──ともかく、お気をつけくださいませ」

神祇伯はとちゅうで話を切りあげて、蛍に一礼すると離れていった。向こうから、馬に乗った柊がやってきたからだとわかった。

「待たせたな」

馬からおりた柊は、そう言って蛍に手をさしのべる。蛍は柊の顔をじっと眺めた。

「……どうかしたか？」

「あ、……いいえ」

柊は蛍を抱えあげると、馬の鞍に押しあげた。すぐに自身も鞍にまたがり、馬を北のほうに向ける。

「千稚山《ちわかやま》に向かう。禊《えじ》だ」

門のそばにいた衛士に告げて、柊は馬を進めた。禊を行う川のある山は、都の北にあった。

柊は蛍が鞍から落ちないよう、片手を腰にまわして支えてくれている。柊の手は大きくて、やさしい。伝わってくるぬくもりは、彼のやわらかな声とおなじで、蛍の胸をぽかぽかとあたたかくする。——化け物だなんて、とても思えない。

なぜそう言われるのか、くわしく聞きそびれてしまったが、本人に訊けるものでもない。もやもやとしたものを抱えつつ、蛍は馬のたてがみをなでた。つやつやとして、よく手入れされた毛並だ。蛍は、丹生の家にいたころ世話をしていた馬たちを思い出した。馬たちは皆おとなしく、蛍によくなついていた。

「そなたは、馬が好きか」

柊が問うた。はい、と蛍はうなずく。

「触れると、とても力強くて、あたたかいので」

馬の肌は、なでるとその下にある筋肉の力強さに、手がはじかれるような感じがする。命の強さを感じるようで、好きだった。

「そうか。俺もだ」

柊は簡潔に言って、ちらりと馬の顔に目を向けた。

「この馬は、安斗という」

「あと？」

「手を出してみろ」

言われたとおり手を出すと、柊は蛍の手のひらの上に指をすべらせた。

「ひゃっ」

くすぐったくて、蛍は思わず声をあげた。

「『安斗』。わかるか？」

柊は、もう一度指を動かす。『安』『斗』。ゆっくりとやさしく手のひらをなぞる指に、蛍はくすぐったいだけでないうずきが生まれる。胸のなかに。

手のひらをしばらく見つめたあと、蛍はきゅっとこぶしをにぎった。書かれた文字を、手のなかに閉じこめておきたい気分だった。


蛍たちは、北側の宮門から外に出た。都の最北に位置する春楊宮だから、この宮門はすなわち都自体の北の大門である。

「そなたは、千稚山に入るのははじめてか？」

「はい。いつも行くのは、八重山《やえやま》でした」

八重山は、蛍がいつも山菜やきのこをとりに行っていた山で、都の南にある。

都は四方を山にかこまれているが、どの山も丘と呼べそうな、なだらかな山だ。

「千稚山は、朱華姫が禊をする川があるせいか、神聖な山として入る者がほとんどおらぬ。入ってはならぬという、決まりがあるわけではないのだが」

「じゃあ、もったいないですね」

「もったいない？」

「山菜やきのこが。とらないなんて、もったいない……」

山野に自生する山菜や青菜、きのこのたぐいは、庶民の貴重な食料である。とくにきのこは、腹がふくれるという点でありがたい。

「そうか、もったいないか」

あ、と蛍は口を押さえる。食い意地がはっていると思われただろうか。杏といい、食いしん坊のようだ。柊さまの前では、もう食べ物のことを口にするのはやめよう、と思った。

「そういえば、先代の朱華姫も言っていたな。千稚山には秋になればよい松茸《まったけ》がやまほど生えるのに、誰もとらぬのはもったいないと」

「松茸⁉」

蛍は目を輝かせた。

「ほんとですか！　あれは焼いて醬《ひしお》をつけて食べると、すごくおいしいですよね！　塩をつけるのもおいしいんですよ、ご存じですか？　山で松茸が生えてるところを見つけると、いいかおりがまわりじゅうに広がっていて、わたし、それだけでお腹がいっぱいになる気が――」

　蛍は、はたと言葉をとめる。ああ！　と頭を抱えた。どうしてわたしはこうなんだろう。今さっき、食べ物の話はしないと決めたのに！

「どうした。腹が減ったのか？」

「ちがっ、違います！」

　ぱっと顔をあげると、やわらかな表情をした柊と目が合った。蛍は妙にうろたえてしまって、視線をおろす。

「……い、いつも食べ物のことを考えてるわけじゃ、ありませんから」

「食べ物について考えるのは、よいことだ。我々はそれらの命をいただいているわけだからな」

「……えっと……」

　もちろん、蛍はそんな崇高な意味で考えているわけではない。

「それに、食事をしているそなたを見るのは、おもしろい」

「お……おも、……変な顔してますか？　わたし」

「そういう意味ではない。そなたはよい顔をしてものを食べる」

「はあ……」

　そんな話をしているうち、いつのまにか山辺の道からなだらかな山道へと入っていた。

下草を踏みわけ木々のあいだをいくらか進むと、柊は安斗をとめる。鞍からおりて、手綱をそばの木にくくりつけた。

「ここからは歩きだ」

そう言って、柊はごく当然のように鞍からおろした蛍を抱えて歩きだした。

「柊さま、あの、歩けます。足はもうほとんど――」

「山道だぞ。むりをしてはならぬ」

たしかに、木の根や石がごろごろとした道を、治りきっていない足で、それもこのすその長い衣で歩くのはたいへんそうではある。だが、怪我をしたって働くのがあたりまえだったのに、足をくじいた程度でこうまで甘やかされてはたまらない。いくら朱華姫に恩義があるといったって。

――歩き方を忘れてしまいそう。

蛍を抱える柊の腕は、しっかりとしていて危なげない。身をあずけた胸はあたたかく、蛍は耳が熱くなってくる。柊の体温が、どんどん蛍にうつってくるようだった。

山は、緑のにおいが濃い。葉のすきまから陽の光がこぼれ落ちている。虫が下草のあいだを動きまわる音や、鳥の鳴き声、羽ばたき、いろんな音が聞こえていた。夏山の音だ。

それらの音にまじって、水のせせらぎが聞こえてくる。

「ここだ」

熊笹《くまざさ》をかきわけ出た先には、滝の流れ落ちる川があった。さほど大きな滝ではない。けれど、水滴をふくんだ涼しい風がここまで吹いてきていた。陽光に汗ばんでいた肌に心地よい。滝壺は澄んだ青磁色をしている。底が深そうだ。川の向こう岸には切り立った崖がそびえていて、こちら側には大きな岩がごろごろしていた。

「俺はすこし離れて待っている。禊が終わったら呼べ。声をあげれば聞こえるところにいる」

柊はそう言い置いて、来た方向へと戻っていった。

ひとり残された蛍は、しばらく滝を眺めていた。

——ほんものの朱華姫でもないのに、禊なんてする意味、あるのかな……。

そう思いつつも、蛍は衣をぬぎはじめる。一番下の白い衣一枚になると、蛍は川に足をつけた。ひんやりと冷たい。

蛍は、夏の盛りに山に行くとよく川に入っていた。うだるような暑さのなか、透き通った水に体をつけると、生き返るような心地がしたものだ。巴といっしょになって高い岩から飛びこんだり、泳いだり、水をかけあったりして、楽しかった。

蛍は岩場に目を向ける。ちょうどいい具合に、大きな岩があるではないか。腰まで川につかっていた蛍は、水をかきわけ近くの岩に歩みよって、よじのぼった。怪我をした足首に力を入れるとまだすこし痛いので、ゆっくり。さらに隣の、すこし高い岩にのぼる。どきどきしながら、岩の上に立った。飛びこむときはいつも、どきどきする。それがいいのだ。

ひとつ息を吸って、とめると、岩を蹴って飛びこんだ。派手な水音があがる。たちまち冷たい水が蛍を包んだ。手足を動かして水をかくと、ゆっくりと体は浮上していく。この感じが好きだった。

ざばっ、と川から顔を出すと、爽快な気分で「ふう」と息をついた。もう一回飛びこもう、と岩のほうへ泳いでいく。と、そのとき熊笹をかきわけて、あわてたように柊が現れた。

「蛍、どうかしたか」

柊は泳いでいる蛍を見て、ほっとしたような顔をする。

「大きな水音がしたので、何事かと思ったのだ」

「ああ――ごめんなさい。岩から飛びこんだんです」

「飛びこんだ？」

柊は岩を見る。

「変わった禊の仕方だな」

「え」

あっと声をあげそうになる。そうだった、水浴びに来たわけではない。禊だ。

「たしかに、飛びこんだいきおいでよく身が清められそうだ。ふむ……」

柊は真面目に禊だと思っているようだった。蛍が訂正する前に、

「邪魔してすまぬ。続けてくれ」

とまた向こうへと行ってしまった。

あとでちゃんと違うって言っておかなきゃ……と思いつつ、蛍は川にもぐって全身を清水にひたす。気持ちがいい。

しばらくそうして川につかっていたあと、蛍は岸にあがった。禊の効果があったのかどうか、なんとなくすっきりした気分だ。雑念が洗い流された気がする。

柊を呼ぼうとして、蛍はふと、熊笹の茂みあたりに白っぽいかたまりが見えた気がしてそちらに近よった。あっ、と声をあげる。苔《こけ》むした倒木に、白いきのこが群生していた。

「薄平茸《うすひらたけ》！」

蛍は嬉々《きき》としてしゃがみこむ。その名の通り、薄く平べったいきのこだ。これは煮ても焼いても非常においしい。思わぬ収穫に蛍は興奮した。

せっせときのこをとっていた蛍は、すぐに手のひらがいっぱいになる。しまった、籠がない。

「柊さま！　柊さま！」

蛍が呼ぶと、柊はすぐに木の向こうからやってきた。

「終わったか？」

「見てください、きのこがこんなにたくさん！」

柊は、ちょっと押し黙る。

「……きのこ？」

「はい。薄平茸です。すごくおいしいきのこです。生える時季になると、ほかの人たちとどりあいになるくらいなんですけど、ここは人が来ないからこんなにいっぱい――」

「わかった。わかったから、まずは体をふいて衣を替えよ」

柊は小脇に抱えていた布をさしだして、気まずそうに目をそらした。

「あ……はい」

蛍はずぶ濡れの自分の体を見おろす。濡れた衣はぴったりと体にはりつき、肌がうっすらと透けている。人前に出る姿ではなかったと気づき、赤くなった。

「じゃあ、あの、これをいれるもの、何かないでしょうか」

と、蛍は手のひらいっぱいのきのこをさしだす。柊は顔をそむけたまま、ふところから手巾をとりだした。

「これに包んでおけ」

広げた手巾にきのこを置くと、蛍は柊が用意してくれた布と新しい衣を手に岩場の陰に隠れた。濡れた体をふいて、白い衣に袖を通す。着替え終えて柊のところへ戻ると、彼は薄平茸をつまんで興味深そうに眺めていた。

「柊さまは、きのこがお好きですか？」

蛍は柊のかたわらにしゃがみこむ。

「かくべつ好きでも、きらいでもないが。そなたがあまりにもうれしそうだったから、それほど貴重なものなのかと」

「きのこは、とても大事です」

蛍はこっくりとうなずく。

「見つければ、おかずが一品増えるんですから」

「なるほどな」

「あ、でも、今はじゅうぶんすぎるほどおかずがあるのでした」

ついつい習慣でとってしまったが、そんなことをせずとも春楊宮の厨《くりや》には豊富な食料がそろっている。

「せっかくだ。これも膳に並べてもらえばよかろう。――あちらにも生えているきのこがあるが、とっていくか？」

柊はすこし離れたあたりを指さす。朽ちた木の根もとに、淡黄色《うすきいろ》のきのこがみっしりと生えている。

　蛍は首をふった。

「あれは毒きのこだから、いけません」

「毒？　そんな風には見えぬが」

「食べられるきのこと、見分けがつかないことも多いんです。あれは栗茸《くりたけ》に似ていますが、色が違います。苦栗茸《にがくりたけ》です」

「そなたは、よくわかるな」

「毎日、山に入ってましたから……」

　最初は判別できずに毒きのこもとってきてしまっていたのだが、年かさの下働きに教えられて徐々に見分けがつくようになっていった。

「たいしたものだ」

　柊が感心したように言うので、蛍はうれしくなった。

「大事なのは、毒きのこか、食べられるきのこか迷ったら、とらないことなんですよ。お腹がすいていると、どうしても欲しくなりますけど、ぐっとがまんするんです。あと、いくら食べられるきのこでも、とりすぎてはだめです。つぎの年に生えなくなってしまいます。あとは――」

　とうとうときのこの話を続けていた蛍は、つと口をつぐむ。また食べ物の話をしている。わたしはこればっかりだ……！　とうなだれた。

「どうした？」

「いえ……わたし、くだらないことばかり話してしまいます。柊さまはきのことりなんてしないのに」

「いや。くだらなくはない。そなたの話を聞くのは、楽しい」

蛍は顔をあげた。

「楽しい……？」

ああ、と柊はうなずく。

「情けない話だが、俺は今まで、これほど親しく口をきく者がいなかったのでな。話を聞いているだけで楽しいのだ」

柊は、うすく笑みを浮かべて目を伏せた。そのさびしげな笑みに、蛍は胸をつかれる。

──親しく口をきく者がいなかった、って……『化け物』だから……？

化け物って、どういうことなんだろう。おそれられているのは、どうして？

「柊さま──」

訊いてしまおうか、と思った。

柊が、蛍を見る。なんだ、と目で問うている。蛍は、なんと言っていいかわからなくなって、顔をそらした。意味もなくあたりを見まわす。

「あの……あの、きのこを、もっとさがしてもいいですか」

苦しまぎれに言って、蛍は立ちあがった。きょろきょろしながら、歩きだす。

「きのこが欲しいなら、俺がさがそう。そなたは歩きまわるな」

「いえ、柊さままでは毒かどうかの見分けが――」

長い衣のすそに苦戦しながら歩いていると、木の根に足をとられた。前のめりに倒れる蛍を、柊がとっさに抱えこんでかばう。倒れこむ衝撃はあったが、柊の腕に守られて、蛍はすこしも痛みを感じなかった。

「す……すみません、柊さま！」

柊を下じきにしてしまった蛍は、あわてて身をおこす。いや、と柊もおきあがりかけて、わずかに顔をしかめた。見れば、左腕がざっくりと切れていた。蛍は血の気がひく。

「怪我を……！」

倒れた拍子に、そばの岩角にぶつけて切ったようだった。青くなる蛍に、柊はなんでもないように腕を押さえる。

「刀傷に比べれば、たいしたことはない。すぐ治る」

すぐ治るわけがない。したたり落ちる血が下草を濡らしている。

「血……血どめの草をさがしてきます」

立ちあがろうとした蛍を、柊はひきとめる。

「大丈夫だ。そなたは動きまわるな。またころぶ」

ころばない、と蛍は言いたかったが、ここで押し問答をしている場合ではない。とりあえず手当てをしよう、と内着の袖を裂いて柊の腕に巻こうとした。

だが、柊は思いがけず蛍の手を払った。蛍はぽかんとする。

「触れるな」

柊は鋭く拒絶の声を投げて、身をひいた。手負いの野犬のようだった。——おびえている。

——おびえる？　何に……？

「傷を洗ってくる」

そう言って柊は逃れるように立ちあがろうとしたが、その前に、蛍は目にしてしまった。

柊が押さえた傷のあたりに、黒いもやのようなものが、まとわりついている。

「——何……」

それはうごめきながら徐々に濃さを増して、傷の上を這《は》う。その動きは妙に生き物じみていて、蛍の背筋をぞっとさせた。

柊はあきらめたように腕から手を離す。黒いものが傷口をおおっているのがあらわになった。小さな黒い虫が集まり、折り重なっているようだった。

「――穢れだ」

声もなく食い入るように見つめていた蛍に、柊がぽつりと言った。蛍は目をあげる。

「穢れ？　これが……」

穢れは、穢れ神の吐く瘴気だという。人に害をもたらすというが、蛍はそれを実際目にしたことはなかった。

「どうして、そんなものが」

蛍はふたたび柊の傷を見る。傷口でうごめいていた黒いもやは、そのうちすこしずつうすれていった。そうして肌が見えてきて、蛍はあっと声をあげる。

傷が、なかった。痛々しく裂けていたはずの肌には、あとすらついていない。まだ乾きもしない血がついているというのに。

「俺は穢れ神に、たたられているのだそうだ」

柊が淡々と言った。

「俺はけして傷つかぬ。こうして穢れが傷を癒す。――刃金の皇子と皆は言うが」

――刃金の皇子。刃金のような皇子……。

蛍は、柊の血に濡れたなめらかな肌を凝視する。

「穢れ神にたたられたって……どうしてですか？」

「わからぬ。子どものころは、こうではなかった」

柊は慣れた手つきで血をぬぐった。

「穢れは、俺の傷を這い、癒すだけだ。この身も、心も、穢れにむしばまれてはおらぬ。まわりの者を害することもせぬ。誓って、そなたを傷つけることはない」

だから、と柊は蛍のほうに手を伸ばした。その腕にむらがっていた黒いものが、蛍の頭をよぎる。虫のようにざわざわとうごめいて――。刹那《せつな》、本能的なおそろしさで蛍の体はすくんだ。

柊は顔をこわばらせて、手をおろした。蛍ははっとする。

「あ……、柊さ――」

「……そなたがおそろしいと思うなら、できるかぎり近づかぬようにする。必要のないかぎり、触れることもしない」

静かに言って、柊は立ちあがった。蛍に背を向け、歩きだす。

「禊はすんだ。宮に戻ろう」

「あ――」

――傷つけた。

柊がおそろしかったわけではない。けれど、はじめて見た、あの得体の知れない黒い穢れはおそろしくて――。それは、柊をおそれていることになるのだろうか。

離れていく背に、蛍はあせって声をかけた。

「柊さま」

柊は立ちどまり、すこしだけ蛍のほうに顔を向ける。

「あの……足が。ころんだときに、痛めたみたいで。歩けません……」

それはまったくの嘘だったが、それ以外に、柊をひきとめる言葉が浮かばなかった。

柊は眉をひそめて、足早に戻ってくる。

「痛むのか」

「いえ、あ……すこし」

柊は蛍のそばに膝をつき、むずかしい顔をしていたが、

「そなたを抱えていく以外、方法がないが。かまわぬか」

と訊いてきた。蛍はうなずく。柊はどこかぎこちなく、蛍を抱きあげた。柊にはこれまでなんども抱えられてきたのに、それまでとはまるで違ってしまったように、蛍には
思えた。何か言わなくてはと思うのに、何も言えない。あの一瞬、蛍はたしかに柊を傷
つけた。

「しゃべってはくれぬか」

柊がぽつりと言った。

「俺は、そなたの話を聞くのが好きだ。俺としゃべらずともよい。話を聞かせてほしい」

その言葉のさびしさに、蛍は頭をなぐられたような心地がした。そのさびしさは、蛍の知っているものに、たぶん、似ている。丹生の屋敷のあの納屋で、抱き返してくれる腕もなく母の胸に顔をうずめていたときの、どうしようもなくやるせない、かなしみのようなもの。

蛍がずっと耐えてきたものは、伯父の暴力でも、看病のつらさでもなく、そういうさびしさだったのではないかと、このときはじめて、思った。

*

春楊宮に戻ってきた柊は、泳《くくり》の宮の自室で汚れた衣を着替えた。

怪我の痕跡もない己の腕を、じっと眺める。

――怖がるなというのは、むりな話だ。

自分でも、あの気味の悪い穢れがざわざわと体の上を這うさまにはぞっとする。

本来なら、最初にうちあけておかねばならない事情だった。それができなかったのは、何も知らない蛍が、柊に親しくしてくれたからだった。そばにいても、触れても、厭《いと》わず。おびえることも、嫌悪の目で見ることもなく。

それが柊には、うれしかった。

——知らなかったからだ。

体をすくませ、おびえた目をした蛍の姿が、眼裏《まなうら》から消えない。

柊は、大刀《たち》を手にとる。黒漆《こくしつ》の鞘《さや》に、銀の葛《かずら》文の透かし彫り細工をかぶせた、美しい大刀だ。銀細工には、色とりどりの玻璃《はり》がちりばめられていた。

「棗《なつめ》……」

この大刀は、先代の朱華姫——棗からもらったものだ。

棗は、柊にとって、祖母のような人だった。柊をおそれることなく、祖母が孫にするように、いつくしんでくれた人だった。宮中に居場所のなかった柊を庇護《ひご》してくれた、恩人だ。

『顔をおあげ。あまりうつむいてばかりいると、お日さまがおまえの顔を忘れてしまうよ』

柊はよく、そう叱られたものだ。小柄だが、いつでも背筋をぴんと伸ばした老婆だった。尊敬していた。柊を、宝と言ってくれた人だった。

——だが、もういない。

柊は、柄頭《つかがしら》に額を押しあて、目を閉じた。胸のなかに、しんと冷たいかなしみが広がっていた。

「刃金の皇子と、おっしゃるそうですね」

蛍は、珠の間《たまのま》で、禊のときにほどいた髪を巴に結い直してもらっていた。

「……誰に聞いたの？　それ」

卓の上に置いた鏡ごしに、蛍は巴にたずねる。

「女官の方に。——呪われた皇子さまだとか」

声をひそめて、巴は心配そうに見返してくる。

「三年前に地方でおこった戦《いくさ》に出られたときには、兵士はたくさん亡くなったのに、柊さまはかすり傷ひとつなかったとか……。穢れ神にたたられているって、ほんとうでしょうか」

こわごわとした表情の巴から、蛍は目をそらした。

——わたしも、さっき、こんな顔をしていたのだろうか。

柊さまの前で。

「……柊さまは、やさしい方よ」

蛍は、手のひらを見つめた。安斗、と馬の名前を教えてくれた柊。やさしい指の感触が、今も残っているようだった。

——柊さまは、やさしい方だ。

口にした自分の言葉に、蛍は唇を噛む。——そうだ。あんなにやさしい手をしている人なのに。

胸がしくしくと痛んだ。目の前でまざまざと見たあの穢れがおそろしくないとは、蛍には言えない。けれど、あんなさびしい顔を、柊にさせたくもない。

「柊さまがおやさしいのは、わかりますけど」

髪を結い終えた巴は、道具を箱にかたづけながら言う。

「だったら、もう、そんな話はしないで」

巴が蛍を心配しているのは、わかっていた。けれど、柊に聞かせたくないような話を、聞きたくなかった。聞けば聞くほど、自分もまた彼を傷つけたひとりなのだということを思わずにはいられない。

巴はもの言いたげに蛍を見たが、結局それ以上何も言わなかった。道具箱を手に立ちあがる。

「それじゃ、柊さまをお呼びしますね。髪を結い終わったと」

「うん……」

うなずきかけた蛍は、ふと、箱を持つ巴の手首にあざがあるのを見とめた。

「巴、どうしたの？　そのあざ。どこかにぶつけたの？」

巴ははっと手首を押さえて、

「ああこれ、柱にちょっとぶつけちゃったんです。まだこのお屋敷に慣れなくって。参っちゃいますね」

と袖をひっぱってあざを隠すと、部屋を出ていった。

蛍はまた、無意識のうちに手のひらを眺めていた。こぶしをにぎって、胸に押しつける。

「柊さま……」

蛍がもの思いに沈んでいると、どこからか、香ばしいにおいがただよってくることに気づいた。醬《ひしお》が焼けるにおいだ。内裏《だいり》へ食事を供する内膳司《ないぜんし》の厨が近いので、風向きによってはこうしたにおいがすることはままあるのだが……今は、やけににおいが濃い。すぐそばからただよってくるような。

「……？」

けげんに思った蛍が部屋から濡れ縁に出ると、においはいっそう強くなった。醬にまじって、魚と炭のにおいがする。魚の切り身に醬を塗って、炭で焼く。醬と魚の脂が炭の上に落ちて、じゅう、と焦げる。そのにおい。

においのもとをさがしてあたりを見まわすと、濡れ縁の端に、ひとりの青年が腰かけていた。青年の足もと、濡れ縁の下に、小さな火鉢がある。その前に膳夫《かしわで》らしき者がしゃがみこみ、串に刺した魚の身を焼いていた。

「――えっ」

蛍はわが目をうたがった。誰かが、魚を焼いている。こんなところで。

あっけにとられていると、濡れ縁に腰かけた青年がこちらに顔を向けた。品のよい面《おも》ざしの、美しい青年である。金茶色の髪を、ゆるく左の肩の上で結わえている。袍はあざやかな若草色。華やかな雰囲気の人だ。淡いはしばみ色の瞳を細めて、青年は蛍を手招きした。

「おいで、蛍」

あぜんとしていた蛍は、はっと我に返る。

「わたしをご存じなのですか?」

青年はおかしそうに笑った。

「ああ、ご存じだとも。そなたを知らぬ者がこの宮中にいるものか。——おぼえておらぬか、そなたがこの宮にやってきた日、俺も正殿にいたのだが」

青年の口調は、歌うようになめらかだった。聞いているのが心地よい。しかし、顔に見おぼえはなかった。あの日、正殿にはたくさんの官吏がいたし、全員の顔を見ている余裕などなかったのだ。

「すみません、あの日はたくさん人がいたので……」

「ずいぶんとものおぼえの悪いことだ」

ほほえみながら、さらりときついことを言われた気がする。態度もどこか尊大だ。蛍は青年をじっと眺めた。この宮の門には、衛士がついている。衛士が通したのだから、身分の高い者だろう。それも、そうとう。そうでなくては、朱華姫の宮で魚を焼くなどという非常識なふるまいができるわけがない。よほどの高官か、あるいは——。

「……皇子《みこ》さまですか？」

たずねると、青年は笑みを深くした。

「まあ、そうだが、惜しいな。俺は柊の兄だ。腹違いのな」

「柊さまの——」

柊は、第二皇子だ。その兄ということは。蛍は目を丸くした。

「——皇太子《ひつぎのみこ》さま？」

いかにも、と青年はうなずく。

「皇太子さまが、いったいどうして」

「俺の名は萩《しゅう》だ。蛍、そなた腹が減ってはおらぬか。これは鰻《うなぎ》だ。うまいぞ。近づきのしるしにそなたにふるまおうと用意した」

萩は、串焼きをのせた器を濡れ縁に置く。膳夫はいつのまにか立ち去っていた。

「遠慮せず食べてよいぞ」

——そう言われても。

蛍は萩と器とを交互に見やる。いきなり現れてこんなものをふるまわれても、うさんくさいことこのうえない。

　蛍が突っ立ったまま動かないでいると、萩はすこしばかり首をかしげた。

「食べぬのか。そなたは食い意地のはった娘だと聞いていたのだが」

「なっ……」

「帝の杏を盗み食いしたそうではないか。今日も禊にかこつけて、きのこをとってきたそうだな」

「ち、ちが――」

　違う、と言いかけたが、杏を食べたのもきのこをとってきたのも事実である。

「……どうしてそんなことを、ご存じなのですか……」

「俺は耳がよいのだ。知らぬことはあまりない」

　萩は鰻の器を持ちあげた。

「そなたがいらぬというなら、捨てるが。よいか」

「捨てる!?」

　蛍は目をみはった。鰻を？　ありえない。伯父家族の膳にのぼるのを見たことはあっても、食べたことはない高級魚だ。そうでなくとも、目の前の鰻は白い身につやつやとしたたれがかかり、おいしそうなにおいをふりまいているというのに……。

「捨てるだなんて、そんなもったいないこと、なさらないでください。鰻が泣きます」

「鰻は泣かぬが。ならばそなたが食べればよい」

萩は器をふたたび蛍のそばへと置いた。蛍は、それをじっと見つめて、腰をおろす。鰻からただよう、香ばしいにおいが食欲をそそう。蛍はごくりと喉を鳴らした。

――捨てられたら、もったいない……。

蛍は串を手にとった。醬のたれのからむ鰻に、思いきってぱくりとかじりつく。

――……おいしい！

蛍は顔を輝かせた。甘辛いたれが鰻の脂とまじってじゅわりと舌にしみこみ、身はほろりとやわらかくて、皮はぱりぱりだ。あまりのおいしさに、ふたくち、みくちと立て続けに身をかじった。

「うまかろう？」

「はい！」

いきおいよく答えると、萩はくっくっと笑った。楽しそうだ。

「なんとたわいない。蛍、その鰻は毒ぞ。舌をただれさせて臓腑《ぞうふ》を腐《くた》す」

「えっ⁉」

固まる蛍に、萩は体を折り曲げてさらに笑った。

「――であればどうする？　もったいないなどという理由で、よく知らぬ者からもらった物を口にするでないわ。愚か者め」

笑い続ける萩に、蛍はぽかんとする。

「……嘘なのですか?」

「ほんとうに毒を盛るならば、このように堂々と渡しはせぬ。考えてわからぬか。それとも、そなたの頭は考えるようにできておらぬのか」

顔はにこやかだが、吐きだす言葉はきつい。

「無防備にすぎよう。柊が甘やかしておるのだな。守られることに慣れた兎は鈍くなる。そなた、そんな調子でいればそのうち命を落とすぞ。この春楊宮ではとても生き残れぬ」

――生き残れない?

不穏な言葉に、蛍は眉をひそめた。

「春楊宮はな、そなたの頭の中身ほど、のんびりとしてはおらぬぞ。欲と陰謀がからまりあう蛇の巣窟のようなもの。気づいておらぬのか? 官衙にも後宮《こうきゅう》にも、そなたを歓迎せぬ者は山ほどいる。そろそろ蛇どもが動きだすころであろう」

「蛇……?」

「陰湿で、狡猾《こうかつ》な者どもだ。せいぜい気をつけるとよいぞ」

「せ、せいぜいって……」

「――何をなさっておいでです、兄上」

背後から静かな、けれど鋭い声がかかった。――柊だ。

ふり向くと、柊は急いで来たのか、わずかに息があがっていた。

「ふん」

萩はどこかつまらなそうに鼻を鳴らすと、濡れ縁からひょいと下におりた。

「柊を足どめしておけと、侍従に言っておいたのだがな。これしきの役目も果たせぬとは、まったく毛ほども役に立たぬ」

やはりなごやかな笑みを浮かべたまま言って、萩は蛍を指さした。

「俺はこれに餌付《えづ》けに来ただけだ」

餌付け……と、蛍は鰻を見おろした。

柊はちらと鰻を見やったあと、萩に目を戻す。

「内膳司の者が、帝に出す鰻が一匹足りぬと右往左往しておりましたが」

「え」

蛍はあわてる。「帝の鰻？」

「鰻が一匹減ろうが増えようが、瑣末《さまつ》なことであろう」

萩は悪びれずに笑った。

「減っては困りましょう」

柊は生真面目に返す。

「蛍はもう食べてしまった。戻せぬ」

なあ、と言われて、蛍は言葉につまる。杏に続いて、またしても帝の物を食べてしまった。さすがに叱られるのではないかと思う。

「心配せずとも、そなたが帝の鰻を食べたことは黙っておいてやる」

「た……食べさせたのは、萩さまでは」

「食べたのはそなただぞ。だから言ったであろう、よく知らぬ者からもらった物を口にすべきではないと」

くっくっと萩はまた楽しそうに笑った。うう、と蛍はうめく。

兄上、と柊が口をはさんだ。

「蛍は朱華姫です。兄上といえど、気安くからかうのはお控えいただきたい」

萩は柊に目を向けて、ふん、と笑う。

「生意気な面構《つらがま》えになったな、柊。俺の言うことにじっと黙って耐えることしかしなかったおまえが。こたびは聞き逃してやるが、また軽々しく口ごたえしようものなら許さぬぞ」

言っていることとは裏腹に、萩は愉快そうだった。

「また来るぞ。蛍を大事にしすぎるなよ、刃金」

ぴくりと柊が眉をよせる。萩は手をふって内裏のほうへと去っていった。

──刃金。

それは柊には禁句であろうに。わざわざ言わなくても、と蛍は萩のうしろ姿を眺めた。

「……兄上に何を言われた？」

話しかけられて、蛍は柊をふり返る。

「あの……蛇に気をつけよと」

「蛇？」

「官衙にも後宮にも、わたしを歓迎しない者は多いのだから、と」

柊は考えこむようにうつむいた。蛍はその顔をそっとうかがうように見つめる。顔をあげた柊と、視線がかちあった。蛍はうろたえる。

「どうかしたか」

「いえ、あの」

──なんと言ったらいいのだろう。

山中でのことを、あやまったらいいのだろうか。傷つけてしまったことを。

「ああ」と柊は腰をあげる。

「近づきすぎたか。すまぬ」

「えっ、いえ、違います！」

離れようとした柊の衣の袖を、蛍はとっさにつかんだ。柊が驚いたように目をみはる。

蛍は手を離した。

「あ……すみません」

「いや」

短く言って、柊は黙りこむ。蛍は言葉をさがして、あせった。

「あの……わたしは、柊さまが近づくのも、触れるのも、いやではありません」

それは真実だった。まったくおそろしくないかと言われたら、わからない。けれど、それは嘘ではなかった。

柊は、言葉の意味をおしはかるように、じっと蛍を見つめる。それから、おもむろに手を伸ばした。とても、慎重に。蛍の頬に触れる。ゆっくりと、指で頬の輪郭をなぞった。蛍はびくりとふるえる。なぞられるたび、胸の奥がわなないた。よくわからない熱で、全身がかっと熱くなってくる。

「……むりをするな」

柊は手をとめた。

「ふるえている。おそろしいのを、むりにこらえることはない」

蛍は息をのみこんだ。たしかにふるえているけれど。

「怖くてふるえているんじゃ、ありません。たぶん、緊張して」

「緊張？」

「お……男の人に、こんな風に触られたことが、ないので」

柊は、さっと手を離した。蛍から顔をそらす。

「――すまぬ。その……他意はないのだ」

「は、はい……」

蛍はうつむいた。頬が熱くてたまらない。なんだか、胸のなかがむずむずする。

「もう、夕餉の刻はすぎているはずだが。遅いな」

不自然なまでにとうとつに言って、柊は立ちあがった。誰かいるか、とあたりに呼びかけた。供人《ともびと》が濡れ縁の奥からすぐさまやってくる。

「夕餉が遅れているようだが。何かあったか」

「内膳司のほうで、今すこしお出しするのをとめております」

「どうした」

「毒見役が嘔吐《おうと》して倒れました」

柊のまなざしがけわしくなる。

「毒か？」

「いえ、まだはっきりとは。おって知らせが――」

言い終わらぬうち、べつの供人が門のほうから駆けよってきた。濡れ縁の下に膝をつく。

「毒見役は、羹《あつもの》に入っていたきのこの毒にあたったようでございます。羹を作り直しておりますので、今しばらくお待ちを」

「――きのこの毒？」

蛍は声をあげた。「まさか……」

山でとったきのこを、蛍は内膳司に届けていた。

供人が、言いにくそうに蛍を見あげる。

「蛍さまが内膳司にお渡しになったきのこのなかに、毒きのこがまじっていたようで」

「そんなはずないわ」

蛍は思わずそう言った。

「あれは薄平茸だもの。それ以外はとっていないし、まじりようがないわ」

供人は困ったように視線を落とす。

「さほど毒性の強いものではなく、毒見役もすぐに回復するだろうとのことですので
……あまりお気になさいませぬよう」

「わ……わたし、ほんとうに、間違えたりなんて……」

蛍はきゅっと手をにぎる。絶対に間違えていない、などと言いきれるだろうか。

「たしかめてきます」

たまらず階《きざはし》を駆けおりようとして、蛍は足をすべらせる。階から落ちかけた蛍を、柊が抱きとめた。

「すっ……すみません」

柊には、こんな風に助けられてばかりである。どうも、この長い衣が足にまとわりついていけない。

「内膳司に行きたいのか」

柊は静かに訊いてくる。はい、と答えると、すこし黙ったあと、

「では、つれていこう」

と蛍を抱きあげた。

「あ、いえ、歩けま――」

「山中で、歩けぬと言っていたであろう」

「あ」

そうだった。嘘なのだが。

「しばらく我慢してくれ」

そう言って柊は歩きだす。『我慢』。――触れられるのはいやじゃないと、蛍は言ったと思うのだが。柊は信じていないようだった。どう言えば伝わるのか、わからない。

内裏の北側にある内膳司について、蛍は柊の腕からおりる。現れた蛍に、厨で立ち働いていた膳夫《かしわで》や厨女《くりやめ》たちが驚いたように手をとめた。

「毒きのこがまじっていたって、ほんとう？」

そばにいた厨女が、気まずそうにうなずく。残っていたきのこを見せてくれた。蛍はそれを手にとり、しげしげと観察する。

暗褐色の、そり返ったかさを持つきのこだった。ひだの幅が広い。

「広ひだ茸……」

「毒きのこなのか？」

つぶやいた蛍に、柊が訊いてくる。「はい」と蛍はうなずいた。たしかに、毒きのこだ。一見するとふつうのきのこと変わりないように見えるから、知らなければ間違ってとったり、調理したりするだろう。

――でもわたしは、こうして見てすぐわかるものを、間違ってとったりしないわ……。

なのに、どうしてこれが薄平茸にまじっていたりしたのだろう。

きのこから顔をあげると、厨にいる人々の視線が蛍に刺さった。口にこそ出さないが、非難するような目をしている。よけいなものを持ちこんで、騒動をおこした、と思われているのだろう。下手をすればここの者たちが罰を受けかねないのだから。

――わたしじゃない……でも、だとしたら、誰が？

自然にまぎれこむものではない。誰かがわざと――蛍が思考をめぐらせたとき。

「朱華姫さま」

ドォン、とあたりをゆるがすような音が、遠くから響いた。

「何……？」

柊がすばやく戸口から出て、外を見まわした。蛍もそれに続く。怒号や悲鳴のようなものが、かすかに聞こえる気がした。内裏につとめる女官や下働きの者たちも、何事かと外に出てくる。衛士たちがあわただしく南のほうへと走っていった。柊はそのうちのひとりをつかまえ、何があったのか問いただした。

「門が……宮門が、燃えていると」

柊も、蛍も驚いた。――宮門が燃えている？

「どの門だ」

「燕梓門《えんしもん》です」

春楊宮の南にある門だ。蛍は空を見あげた。煙があがっている様子はない。だが、門が燃えているとしたら――まずいことになる。

――もうすぐ、夜が来る。

空は、日が沈みかけて藍色に染まりはじめている。門は、日が落ちるとともに閉められる決まりだ。穢れ神の侵入を、ふせぐために。

もし門が焼け落ちるようなことがあれば、春楊宮に穢れを招き入れることになってしまう。

「もう日没だ。早く消しとめて門を閉じねばまずい」

言うやいなや、柊は蛍を抱えて駆けだした。泳《くくり》の宮に戻ると、蛍をおろして自身はすぐにきびすを返す。

「そなたはけしてここから出るな。巫術師《ふじゅつし》を呼ぶから、念のために門を閉じてその者とともにいろ」

口早に言い置いて、柊は行ってしまった。

ふたたび、ドォンと大きな音が響き渡る。蛍はびくりとふるえた。

「……柊さま……」

——大丈夫なのだろうか。いったい、何がどうなっているのだろう。

ここにいろと言われたが、とてもひとり、安全な場所にこもっている気になどなれない。ほんものの朱華姫でもないのに。蛍は泳の宮を飛びだした。

内裏の門を抜けて、さらに南へと走る。燕梓門が見えてきて、蛍はその光景に立ちすくんだ。

燃えている——というのが、正しいのだろうか。これは。

門は、奇妙な青白い炎に包まれていた。

「蛍!」

蛍に気づいた柊が、厳しい顔つきで駆けよってくる。

「なぜ来た。それにそなた、足は」

蛍はそれに答える余裕もなく、呆然《ぼうぜん》と門を見あげていた。

「柊さま、あれは、いったい」

柊はひとつ息をつき、門をふり仰ぐ。

「……水で消えぬ。ふつうの炎ではない。巫術師たちが鎮めている」

柊の言うとおり、門の前には、数人の巫術師とみられる者たちがいた。青藍《せいらん》の姿が中心にある。衛士や兵士は、なすすべもなくただ遠巻きにそれを見守っている。

巫術師たちは声をそろえて、聞きとれない、ふしぎな言葉を唱えていた。そのうち、青い炎は押しつぶされるようにいきおいをなくしていく。小さく、淡くなった炎は、青藍が手にしていた若木の枝をひとつふると、ぱちんとはじけるようにかき消えた。

あたりに静寂が訪れる。青藍がふり返り、「門を閉めてください」と指示すると、皆の顔に安堵の色が広がった。大きな門は閉じられ、錠がかけられる。穢れ神をはねのける術のかかった錠である。

「いったいなんだったんだ、あの炎は」

「門が燃え落ちるかと肝を冷やした」

「こんな奇妙なこと、はじめてだぞ」

炎が消えても人々は立ち去らず、気味悪げに門を見つめている。空の端に残っていた日の光もうすまり、門の前ではかがり火がたかれはじめた。ゆらゆらと炎がゆらぐ。

「新たな朱華姫さまが決まって、安堵していたというのに」

「決まったとたん、こんなことがおこるとは」

「不吉な」

「凶兆ではないのか」

ひそやかなささやき声とともに、人々の目が蛍へと向けられる。

——え？

「しかし、こたびの朱華姫さまは帝が夢でご神託を受けられた方ぞ」

「もしや帝は、ご神託の内容を間違えられたのでは」

「だから、護り神がお怒りなのではないか」

「なんにせよ、不吉なことよ」

蛍にそそがれる視線は、どれも、不安と不審に満ちていた。蛍の体がこわばる。失望がまじったような、冷たいまなざし。それらにさらされて、蛍は立ちすくむ。

「……蛍、戻ろう」

柊に声をかけられても、人々の視線が痛くて、蛍はぬいとめられたようにしばらく動けなかった。

第三章

蛇の窟《くつ》

「燕梓門《えんしもん》の屋根に、呪符《じゅふ》の痕跡がありました」

青藍《せいらん》が言った。

「呪符……」

蛍《ほたる》はその言葉をくり返す。「それが、火事をおこしたのですか？」

はい、と青藍はうなずく。

「つまり、あの火事は人為的なものだった、ということだ」

脇息にひじをもたせかけて、帝が言う。珠《たま》の間《ま》で、蛍は柊《ひいらぎ》とともに、帝たちと相対《あいたい》していた。

「不吉でも凶兆でもない。何者かのたくらみだ」

蛍はすこし、ほっとした。自分のせいではないとわかって。

「人はな、わけのわからぬことには、とりあえず凶兆だの瑞兆《ずいちょう》だのと言う。それを何かに結びつけて、わかるものにしようとする。朱華姫《あけひめ》は、この国の護り神の巫女《みこ》だからな、とかく原因にされやすい」

そういえば、〈霊腐し〉《みたまくた》の病だって、朱華姫がいないせい——と言われてもいる。

それほど大きな存在なのだ、と改めて思うと、なおさらその『ふり』をしているなどということが重たく背中にのしかかってくる。

「毒きのこの件も、おなじ者のしわざでしょうか」

柊が口を開く。さあな、と帝は頬杖をついた。

「調べは進めているが。おなじ者かどうかはわからぬが、目的はおなじであろうな」

目的——。

蛍に目が向けられる。

「蛍が朱華姫となるのが気にくわぬのだろう。貶《おとし》めて追いだしたいのだ。すでに宮門の火事を理由に、そなたは朱華姫にふさわしくないとやかましく主張する者が増えてかなわん。きのこの件にいたっては、私を毒殺しようとしたのでは、などと言いだす者が出る始末だ」

一蹴してやったが、とおもしろくもなさそうに帝は笑う。

「それでも、この程度ですんでいるうちはいいのですが」

青藍が憂いをおびたため息をついた。

「〈言祝《ことほぎ》の儀〉までは、ゆめゆめ警戒をおこたらぬようにしなくては」

朱華姫就任の儀式だ。蛍は首をかしげる。「〈言祝の儀〉までは……？」

「それがすまぬうちは、正式な朱華姫となれぬのでな。〈言祝の儀〉で神に認められれば、もはや誰も手出しはできぬ。神の寵愛を受けた巫女を、誰がそこなおうとするものか」

逆に言えば、儀式がすまないうちは危険だということだ。蛍はごくりとつばを飲みこんだ。

ところで、と帝は蛍にたずねる。

「足の怪我はよくなったか、蛍」

「はい」

帝は笑った。

「柊がたんと甘やかしたおかげか。ならばそなた、ここに座っているだけでは退屈であろう。春楊宮《しゅんようきゅう》のうちを散策するとよいぞ。おもしろいものが見られる」

——おもしろいもの？

「帝」

柊が静かに口をはさんだ。

「たった今、警戒をおこたってはならぬと確認したところです。それを、散策などと」

「閉じこもっていては、かかるものもかかるまい」

柊のまなざしが鋭くなる。

「蛍は、釣りのえさではありませぬ」

「さよう、よもや食われることはあるまい。そなたがいるのだからな」

柊は返事をしない。

やれやれ、と言って帝は腰をあげた。

「あまり甘やかしていると、できることもできぬようになるぞ。私は使えぬ者は好かぬ」

部屋を出ていきかけた帝を、「あの」と蛍はひきとめる。

「『おもしろいもの』というのは、なんですか?」

興味をひかれて、そうたずねた。帝は顔だけふり返って、にやりと笑う。

「蛇どもの面《つら》だ」


……『蛇ども』って、萩《しゅう》さまが言っていたのとおなじ意味だろうか。

池にはりだした露台の端に腰かけて、笛の吹き口に唇をあてながら、蛍は帝の言ったことを考えている。暑いくらいの陽気なので、足袋《しとうず》をぬぎすて、衣のすそもまくりあげて、足を池の水にひたしていた。気持ちがいい。

笛に息を吹きこむと、細く高い音が響き渡った。

勉強のあいまに、蛍はときどきこうして笛を吹く。練習というよりは、気晴らしだ。こういうときには、柊もつきあってともに楽《がく》を奏でてくれる。――のだが。

蛍はうしろをふり返った。

「あの、柊さま」

愛用の琵琶をかかえた柊は、珠の間ほどの広さがあるこの露台の、隅に座っていた。蛍からはだいぶ離れている。

「もっと近くに来ていただけませんか。しゃべりづらいですし、楽の音《ね》も合わせづらいです」

柊はすこしのあいだ、ためらうように蛍を見たが、静かに立ちあがって近づいてきてくれた。それでも露台のなかばほどでとまり、腰をおろしてしまう。柊は、自分で言ったとおり、用のあるとき以外、そばによってこない。

近づくのも触れるのもかまわないと、蛍は再三言うのだが、人をおそれる野良犬のように、柊はその言葉を信じかねているようだった。

蛍は小さく息を吐いて、前を向く。ふたたび笛をかまえて曲を吹きだすと、柊もそれに合わせて琵琶をつま弾きはじめた。

柊がいつも奏でるのは、五弦の琵琶だ。第二皇子は、幼少時から何かしら楽を習うのだという。御召人になったときに、こうして朱華姫の楽の相手をする必要があるからだ。

柊の琵琶の音は、露を包みこんだようにやわらかく、みずみずしい。蛍は、その音が好きだった。柊の奏でる音を聞きながら笛を吹くのは、とても心地いい。

気持ちよく楽を奏でていると、池のほうで、魚の跳ねるような水音がした。この池に魚なんていただろうか。なんの魚だろう――と思って、蛍は先ほどの柊と帝の会話を思い出した。

「柊さま」

蛍は笛を吹くのをやめて、柊をふり返った。

「どうした」

「先ほどは、わたしが『釣りのえさ』だとか、どうとか、おっしゃっていませんでしたか」

そうたずねると、柊は苦々しい顔になった。

「そなたはえさではない、と言ったのだ。えさに使おうとしているのは、帝だ。――そなたを追いだそうとしている者を、あぶりだすために」

――あぶりだす。

おとりということか。蛍を泳がせて、相手が何かしかけてくるのを待つ――？

「帝の認めた朱華姫を排除しようとすることは、帝にそむくということだ。帝には敵が多い。そなたを追いだしたがっているのは、そうした政敵であろう。うまくすれば、これを機に目障りな政敵をかたづけられる。だから帝は――」

けわしい顔で話していた柊は、蛍を見て我に返ったように言葉をとめる。

「――いや。このような話は、そなたは知らずともよい」

――政敵……。

つまりはそれが、『蛇』ということなのか。

それはどれくらいいて、誰が火事や毒きのこをしかけてきたのだろう。

「政敵って、どういう人たちなのですか？　多いって、どのくらい？」

問いを重ねると、柊は、困惑したようにすこし黙る。

「言ったであろう、知らずともよい。政《まつりごと》の話は俗にすぎる。ともかく、そなたはしばらく外に出てはならぬ」

柊は政については教える気はないようだった。朱華姫というのは、俗世のことを知らぬほうがいいのだろうか。

たしかに、この泳《くくり》の宮で、柊に守られていれば知る必要もないのかもしれないけれど……。

蛍は、春楊宮のことを、あまりにも知らない。

知らないということは、怖い。怖いという感覚が、蛍にはあった。頭にすりこまれた、母の言葉のせいだろう。知らなくては、逃げられない――。

「蛍、そろそろつぎの学習をはじめよう」

柊が琵琶を手に腰をあげる。蛍は池から足を引き抜いた。手巾《しゅきん》を手にした柊が、蛍のかたわらに膝をつく。ふいてくれるつもりなのだ、と気づいてあわてた。柊は、平素は近づこうとしないくせに、こういうところはあいかわらずだ。

「あの、自分でふき――」

「ああ。いやなら、しない」

柊は手巾を蛍にさしだした。

「いえ、あの……」

いやだからではないのだが。それをわかってもらったうえで断ることのできる言葉が、思い浮かばない。

「……………ふ、ふいてください……」

結局、蛍はそう言うしかなかった。柊が蛍の濡れた足をふきはじめる。それは丁寧に。柊が、足の輪郭をそっとなぞるように水滴をぬぐっていくたび、蛍は顔が赤くなっていくのがわかった。頬が熱い。柊の手は、指は、やっぱりやさしい。

「そなたは、ほんとうに……」

柊が、何か言いかけて、やめた。きれいにふきおえた足に、足袋をはかせる。蛍はされるがままだ。

――甘やかされることに、慣れてしまいそう。

これではなんにもできない子どものようだ。できることもできなくなる、帝もそう言っていた気がする。

蛍はふるふると首をふった。

――しっかりしなくちゃ。

蛍は朱華姫のにせもので、先帝の娘だ。ただぼんやりと守られるにまかせていたら、きっといつか、落とし穴に落ちてしまう。そんな気がしてならない。

――ちゃんと、自分がいるところがどういうところか、知らないと。

知って、用心しなくてはいけない。

足袋をはかせてもらった蛍は、衣のすそをおろして、柊の顔を見あげた。

「どうした？」

「いえ……」

でも、柊は、政だとか、陰謀だとか、俗っぽい裏事情は教えてくれそうにない。それどころか、当分この宮から出してもらえそうにもない。

では、どうすればいいだろう。

――あ。

蛍の頭に、ぽんとひとりの青年の顔が浮かぶ。

「あの、柊さま。すこしのあいだ、庭を散歩してはいけませんか」

「庭を？」

「あまりじっとしていると、体がなまってしまいそうなので」

「ああ……わかった」

立ちあがろうとした柊を、蛍はあわててとめる。

「あの、庭の散歩くらい、ひとりで大丈夫ですから。宮のなかですし」

柊は黙りこむ。しばらくして、「……そうか」と言った。

「わかった。門には衛士《えじ》もいることだし、ここからも庭の様子は見える。何かあればすぐ呼べ」

「はい」

庭におりると、蛍は南のほうへと歩いていった。

宮の南側には、松林がある。その先にある回廊の向こう側は、内裏《だいり》である。

蛍は殿舎のほうをちらりとふり返った。柊の姿は、ちょうど死角に入っていて見えない。それをたしかめてから、回廊のすぐそばにある松のうしろにまわった。

手早く鞋《くつ》と足袋をぬいで、ふところにしまう。領布《ひれ》で衣の広袖をたくしあげてしばると、ごつごつとした木肌に足裏をはりつかせて、松にのぼりはじめた。

ひょいひょいと身軽に木をのぼって回廊の瓦屋根の上まで来ると、枝をつたってそこに飛びうつった。小柄な体がさいわいして、大きな音も立たない。門にいる衛士も、気づいた様子はなかった。蛍は腹這いになって屋根の上を移動する。その向こうには、ほとんど屋根をくっつけるようにして内裏の回廊がある。そちらの屋根にうつると、蛍は下を眺めた。

このなかは、内裏の後宮《こうきゅう》だ。立派な殿舎がずらりと並んでいる。蛍がはりついているる屋根の下には、泳の宮のような松林の庭が広がっていた。あずまやもある。

蛍は屋根から枝に飛びつくと、するすると幹をおりていく。案外、簡単にいったな、と思ったときだった。

「宮中で猿を見ようとは思わなんだぞ、蛍」

笑みをふくんだ声がかけられた。蛍は一瞬、びくっとしたが、すぐに力を抜く。蛍が会いに行こうと思っていた、当人だったからだ。

にやにやと楽しげな笑みを浮かべた萩が、あずまやの椅子に腰かけていた。今日は霄《しょう》風の衣を着ている。

「ずいぶん愉快な格好をしているな。俺の間者《かんじゃ》にしてやろうか？」

蛍はあわてて身なりを直す。

「そこが俺の屋敷でな」と、萩は広々とした庭の奥にある殿舎を指さした。

「したがって、ここは俺の庭なのだ。そなた、運がよかったな。間者の真似事をしておいて、俺でなかったら面倒なことになっていたぞ。俺は見逃してやる。恩に着ろ」

萩はじつに楽しそうに言う。人の弱みをにぎるのが好きなのかもしれない。

「後宮に何用だ？　蛍」

「お訊きしたいことがあって、萩さまに会いに来ました」

ほう、と萩は興味をひかれたように目を細める。

「訊きたいこととは？」

「『蛇』についてです」

萩はいっそう目を細めた。

「知りたいか。何ゆえだ？　知らずとも、柊が守ってくれよう」

蛍は首をふった。

「知らないと、用心もできません。わたしはここのことを何も知らないから、何に気をつけていいかもわからないのです。それでは、守るほうだって危険なのではありませんか」

萩は笑みを深くする。

「無知ゆえ蛇の室《むろや》にあやまって足を踏み入れることもあろうな。気に入ったぞ。教えてやろう」

萩は広袖をひるがえして殿舎に向かう。

「霄の茶を馳走《ちそう》してやる。ついて参れ」

「あの、あまり長居はできないので」

早く戻らないと、柊も庭に蛍がいないことに気づいてしまう。

「できれば、手短にお願いしたいのですが――」

「愚か者め。そう簡単にすむ話ではないわ」

萩は笑みを浮かべてふり返る。

「俺が茶をふるまってやる者などそうはおらぬ。泣いて喜べばよいものを。――黙って宮を抜けだしたのだな？　よい、ならば使いを出してやる。そなたはここにいるから案ずるな、とな」

萩はふところから鈴を出すと、一、二度ふった。りりん、と澄んだ音が響く。すると殿舎の奥からすぐさま女官が現れ、萩のもとにひざまずいた。その者の耳に、萩は何事かささやく。女官は泳の宮のほうへと去っていった。

――抜けだしたことがばれたら、あとで柊さまにうんと叱られそうだけれど。

でも、心配させるよりはいい。あとのことを想像するのはやめて、蛍は萩についていった。

「ここは〈滄浪殿《そうろうでん》〉という。仰々しい名だ。俺がつけたのではないぞ」

通された部屋には、脚の長い卓と椅子がしつらえてあった。几帳《きちょう》は、あざやかな青地に水波文《すいはもん》と双魚文《そうぎょもん》を金銀で描いた綾絹《あやぎぬ》。脇に立てられた屏風《びょうぶ》には、蛍の知らないむずかしい字が墨で書かれていた。

萩が椅子に腰かけ、蛍に向かいの椅子をすすめる。すすめられるまま、蛍は腰をおろした。

「ここの調度類は皆、霄風に仕立てられている」

「お好きなのですか」

萩は笑った。ふだんの笑みではなく、あざけるような笑みだった。

「誰が？　俺がか。俺の趣味ではない。母上におもねる者たちが用意したものだ。後宮《ここ》では母上の力がすべてだからな」

「萩さまのお母さま……帝のお后《きさき》さまですよね」

「そうだ。母は霄の国の皇女《ひめみこ》でな。知っているか、霄では内乱が続いている」

知らなかった。后が霄の人だということも。そう言われれば、萩の髪は霄の人のそれに近い明るめの色をしている。

「それだから、この国に逃げてくる者はあとを絶たぬ。母もそうだったし、青藍などもそうだ。最近では故国を見限って、この国で高官になろうとする者も多い。実際、廟《びょう》堂《どう》にはすでに霄の者が幾人かいる」

女官が茶を運んできた。ふわりと甘い香りがただよう。

「甘茶《あまちゃ》だ。うまいぞ」

萩がみずから茶器をあつかい、小さな白磁の器に茶をそそいだ。べつの女官が菓子を置いて立ち去る。

「俺の使う女官は身もとがたしかだ。安心して飲め」

礼を言って蛍は茶に口をつける。甘い。蜜をなめているようだった。

「こちらの菓子は蓮《はちす》の実の蜜煮だ」

高坏《たかつき》に盛られた黄色の実は、羅《うすもの》をまとったように淡く、白い糖蜜の膜がかかっている。ひとつ口に入れてみると、ほっくりとやわらかい。そして甘かった。甘い茶に甘い菓子。おいしいのだが、さすがの蛍も二、三個つまんだだけでじゅうぶんだった。萩は甘いもの好きらしく、ぽいぽい蓮の実を口に放りこんでいく。

「――青藍は無官だが、実質側近だ。こうなってくると古参の氏族は面白くないどころの話ではない。高官の地位を霄の者にかすめとられるのも腹立たしい、それどころか后は霄の皇女、皇太子《ひつぎのみこ》は霄の血が半分入っている。いずれこの国は霄にのっとられるのではないか、とな」

甘茶を喉に流しこみ、萩は笑った。

「くだらぬな。父上は、霄の者であろうと、身分の低い者であろうと、有能であれば使うだけなのだ。あの男が一番きらうのは役立たずだからな」

だが、と萩はつけ加える。

「父上に問題がないとも言えぬ。霄の者や新参氏族をとりたてるのは、それだけ古参の氏族を信用しておらぬからだ。古参の者にも優秀な者はもちろんいる。だが、父上は彼らに近づこうとはせぬ。反発を防ぐために廟堂に加えてはいるが」

「なぜですか？」

蛍は口をはさんだ。

「先帝を死に追いやった者たちだからだ」

蛍はびくりとして、飲みかけの甘茶をこぼしそうになった。

「あの反乱で先帝を弑《しい》した逆臣は、もちろん誅殺《ちゅうさつ》されている。だが、手をくだしたのはその者であっても、そこにいたるまで事態を悪化させた責は、当時の廟堂にある。太上帝《おおきみかど》と帝の対立をあおり、最悪の結果を招いた。父上は、それを忘れておらぬ」

自分の利益のために、帝を利用するだけ。そういう者たちだと。

「反乱ののち、しばらく新帝は立てられなかったであろう。立てるつもりがなかったのだ、古参の氏族たちは。だが、おたがいの権力争いで共倒れしそうになって、結局帝を立てることにした。お飾りの帝をな」

ところが――。

「帝はお飾りにおさまらなかった。父上が帝位について、まっさきに何をしたか知っているか？　授刀衛《じゆとうえ》と中衛府《ちゆうえふ》をつくった。軍だ。帝直属のな。その力を背景に、父上は古参の氏族たちを黙らせていったのだ」

だから、帝は古参の氏族たちとは仲が悪い。

しかし、と萩は言う。

「古参の氏族どもも一枚岩ではない。そうであったなら、父上はとっくに帝位からひきずりおろされているだろうな。遠智《おち》に稲日《いなび》、このあたりの一族は帝との仲も悪いが、おたがいもむかしから反目しあう仲だ。右大臣など、古参の筆頭だが、あれはだめだ。自分の権益を守ることに汲々《きゆうきゆう》としだしてはな」

「右大臣……」

たしか、蛍が朱華姫に選ばれたことで、帝に文句を言っていたような。

蛍がそう言うと、萩はうなずいた。

「その男だ。俺のことはおぼえておらぬくせに、あんな爺《じじい》のことはおぼえているのか」

うっ、と蛍は言葉につまる。萩はにやにや笑っていた。

「ふん。あの男は氷見《ひみ》という。氷見一族。娘が桃花司《つきのつかさ》の頭《かみ》をしている」

「つきの司というのは、女官ですか？」

萩は眉をあげた。

「なんだ、それも知らぬのか。桃花司は、朱華姫の補佐役だな。儀式のときなどに助けになる」

「補佐役……」

「だが、実際には次代の朱華姫にと目される者が集まるところだ。上位貴族のなかでも選《え》りすぐりの者たちが集められる。ここから朱華姫を選ぶのがながらく慣習になっていた」

そうか、たしか『通例』だとか、官吏のひとりが言っていた。

「でも、その慣例を無視して、わたしが選ばれたということですよね」

「ああ。だから反発も多いのだ。桃花司はな、権力闘争の縮図のようなものだ。権力を掌握しようという者の娘ばかりが集められているのだからな。官吏たちは、誰が朱華姫に選ばれるか、注意深く予想を立ててその勢力に近づき、権力をにぎったあかつきには高官にとりたててもらう。そういう図式なのだ。そのもくろみが、そなたのおかげで泡と消えたわけだ」

「はあ……」

朱華姫には権力がからむのだと、帝から聞いてはいたが——。

「ひょっとして……わたしは、たくさんの人から恨まれているのでしょうか」

白磁の器をぎゅっとにぎりしめる蛍に、萩は笑う。

「そなた、自分は誰も踏みつけにしておらぬとでも思っているのか、朱華姫の地位を享受してきながら」

「ふ――踏みつけになんて」

「自ら踏みつけようと、望まぬうちに踏みつけようと、おなじこと。自覚せねばならぬぞ、生きのびるためにはな。ここはもう、蛇の室《むろや》なのだから」

萩は笑顔で蛍の瞳をのぞきこんだ。蛍は白磁のなかの茶に目を落とす。萩は椅子の背にもたれかかった。

「つまらぬ。そなた、もっと覇気のある娘だと思っていたが。まあ、父上も敵ばかりではない。春楊宮のうちには帝派の者もいるし、中立派もいる。むろん、反帝派もな。そなたを害して得をする者もいれば、損をする者もいよう。そしてな、肝心なのはどこでどう人がつながっているかだ」

「どうつながっているか……？」

蛍は首をかしげる。

「氷見に遠智、稲日、このあたりはすがすがしいくらい反帝がわかるがな。政の人のつながりは、地中にはりめぐらされた蜘蛛《くも》の巣のようなもの。どこでどう、誰がつながっているかわからぬ。中立派の仮面をかぶっているやもしれぬ。あるいは帝派の。そうした者はむろん、この後宮にも入りこんでいよう」

え、と蛍は驚く。後宮にも？

萩は笑っている。

「たとえば——后だとかな」

きさき——后、妃《きさき》。このふたつはおなじ字をあてるのだと、柊に教えられた。妃は、何人かいたはず。誰のことだろう？　まさか、后ではないだろう。

「あるいは、この俺がそうかもしれぬ」

「……ああ、冗談ですか」

皇太子《ひつぎのみこ》が反帝派なんてありえない。息子なのだから。笑いかけた蛍は、途中でとまった。

萩はあいかわらずの笑顔だが、目が笑っていない。

「何ゆえ冗談だと思う？　十六年前の反乱がどうしておこったか、思い出すまでもあるまい。父子《おやこ》げんかの末ではないか」

「………」

蛍はじっと萩の瞳を見あげた。淡いはしばみ色のきれいな瞳だ。だが——どこかうす暗い光をたたえているように、蛍には見えた。

「蛍。何ゆえひとりでここへ来た？　何ゆえ俺を味方だと思った？　俺もまた、そなたを邪魔に思う『蛇』やもしれぬのに」

「……！」

蛍は思わずがたりと椅子から立ちあがった。そのときだ。外のほうから、人の言い争うような声が聞こえてきた。

「──なりません！　ここは後宮でございますよ！」

「俺は蛍を迎えに来ただけだ」

──柊さまの声だ！

蛍は急いで部屋の外に出る。柊は階《きざはし》をあがろうとしているところだった。さきほど萩が言伝《ことづて》を命じた女官が、柊を必死にとめようとしている。

柊は濡れ縁にいる蛍を見つけて、きっと眉をよせた。

──怒られる！

そう覚悟した蛍だったが、柊は何かに耐えるように、深々と息を吐いた。

「……無事であったか」

「え？」

蛍のうしろから、楽しげな笑い声をあげながら萩が出てくる。

「本当にここまでやってくるとはな。皇子《みこ》とて入れぬ後宮だぞ。後宮令《りよう》をやぶるとは、おまえらしくもない。そうまで蛍が心配だったか？」

柊は萩をにらむ。

「兄上があのような言伝をなさるからです」

「冗談の通じぬ男よ」

蛍は柊と萩と見比べた。

「あの、言伝って——わたしはここにいるから心配するなと、そう伝えてくださったのでは……それに、使いを出したのはずいぶん前なのに」

なぜ今ごろ血相を変えてやってくるのだろう？

「使いが来たのはつい今しがただ。それも、『蛍はあずかった、無事に返してほしくば滄浪殿まで来い』などと」

萩は腹を抱えて笑っている。

「もうすこし焦《じ》らしてやってもよかったのだぞ。おまえが泡を食って蛍をさがしているさまを見たかったのだがな」

「……萩さま！」

ひどい！　てっきり使いを出したものと安心していたのに。

「愚か者め。この俺が親切なことなどするはずなかろう！」

堂々と言いきることではない。この先萩さまには絶対に親切を期待しない、と蛍は心に決めた。

——さっきのも、冗談だったのだろう。

自分が『蛇』かもしれないのに、なんて。

まったく、と蛍は息をつく。柊を見あげると、彼はじっと蛍を見ていたようで、目が合った。が、柊はすっと目をそらしてしまう。

——あやまらなきゃ。

きっと、すごく心配をかけただろう。

「柊さま——」

「無事だったのならばそれでよい。帰るぞ」

柊はきびすを返した。蛍はあわててその背を追いかける。

「柊さま、ごめんなさい」

追いついた背中に、蛍はあやまる。

「勝手に抜けだしたりして……。わたし、あの」

「もうよい。だが二度とするな」

柊はふり向かない。

「柊さま……」

「そなたは、俺が近づくのも触れるのもいやではないと言ったが」

柊が、背を向けたまま、言った。

「むりをするな。俺のそばから逃れたくなったときには、かまわずそう言え。俺が席をはずす。だから嘘をついて宮を逃げだすようなまねは、するな」

蛍は、はっと息をつめた。柊の声は、静かなあきらめに満ちていた。

蛍は自分のおかしたあやまちに気づく。蛍は萩に話を聞きたかっただけだが、結果的に、柊をあざむいて、彼の前から逃げだしたことになる。

——どうしよう。

心配をかけただけではない。蛍は柊の信頼を、そこねてしまったのだ。

柊は、近づくのも、触れられるのもいやじゃないという蛍の言葉を、信じかねていた。だから蛍は、けして彼に嘘をついてはならなかったのに。

——わたしは、さしだされた柊さまの手を、また、つかみそこねたのだろうか。

離れていく柊の背中に、蛍は立ちつくすしかなかった。

＊

文字の書きとりをしながら、蛍は、ちらりと背後をうかがう。

すこしさがったところで、柊は静かに控えていた。

蛍は、ひそかに息を吐く。——以前なら、柊は隣で蛍の字を見てくれていたし、手をとって書きかたを教えてくれさえした。

だが、もう、柊はそんなことをしない。それが蛍には、さびしい。もう一度、蛍の手をとって教えてほしかった。柊の、静かな、抑えた声を間近で聞くのが、好きだった。

はあ、と蛍が肩を落としたとき、

「蛍さま」

巴《ともえ》が几帳の端から顔をのぞかせた。なぜだか当惑気味の顔だ。

「どうしたの？」

「使いの方が見えているのですが」

「使い？　誰の？」

「皇太子《ひつぎのみこ》さまだそうです」

「萩さま？」

「滄浪殿に来てほしいと」

「え……」

なんの用だろう？　蛍は柊をふり返る。

「どうしましょう、柊さま」

柊は、泳《くくり》の宮から出ることに反対するだろう。だから、『どう断ればいいか』という意味でたずねたのだったが。

「……行ってくるといい」

予想外に、柊はそう言った。

「柊さまは」

「俺は後宮には入れない」

顔色を変えて滄浪殿に乗りこんできたのが嘘みたいに、冷静に柊は言う。

蛍は、つきはなされたような気がした。

「兄上は、少々困ったところもあるが、浅慮な人ではない。意味もなくそなたを呼びつけたりはしないだろう。護衛の者をつねに近くにひそませているから、めったなこともあるまいし」

「護衛……そうなのですか？」

そんな人がいたとは、これまでまったく気づかなかった。

ああ、と柊はうなずく。

「だから、行ってくるといい。兄上の機嫌をそこねると、やっかいなことになる。とても」

おそらく、柊はこれまでなんども『やっかいな』目にあってきたのではないか、と思った。

「……行ってきます」

蛍が部屋を出ていったあと、柊は卓に置かれたままの紙やすずりをかたづけた。紙には、あまり上手とは言えない字が並んでいる。

「……」

字を見つめながら、行かせてよかったのだろうか、と柊はすこし考える。

――だが、ひきとめてまた抜けだされては困る。

蛍のいやがることは、したくなかった。

蛍は柊がそばにいてもいやではないと言ったけれど、そうして柊もひょっとしたらほんとうにそうなのだろうか、と思いもしたけれど、やはり、蛍はむりをしていたのだ。気をつかってくれていたのだろう。やさしい娘だと思う。いやだと思っても言えずに、結果、逃げだすところまで追いつめてしまった。

期待をしてはいけなかった、と思う。それがきっと、蛍にむりを強いたのだ。

だからもう、極力、蛍のそばに寄らないようにしているし、触れないようにしている。それでいいはずだ。それなのにどうして、蛍はときどき、すがるような目で柊を見るのだろう。書きとりをしていても、ちらちらと柊をふり返る。まるで、柊がちゃんとそこにいるのを確認しないと不安だとでも言いたげに。

あんな目をされると、困る。これ以上、どうしろというのだろう。

蛍の求めることがわからず、柊はとまどっていた。

紙に羅列されたつたない字をじっと見つめて、柊はため息をついた。

巴の案内で、蛍は門のところで待っているという使いのもとへ急いだ。

「あの、蛍さま」

回廊を歩きながら、巴がふり返る。どうしてか、巴は妙に浮かない顔をしていた。

「どうかしたの？」

「使いの方のことなんですけど、ほんとは……」

「朱華姫さま！」

門のほうから、少女の声が響いた。見れば、桃色の上衣《うわぎ》を着た女官が門の下に立っている。蛍とおなじ年ごろの少女だ。彼女が使いなのだろう。

彼女のもとにまでたどりついて、蛍はたずねる。

「萩さまのご用事って、なんでしょう？」

「ええ、早くいらしてくださいな」

答えにならないことを言って、少女は蛍の手をひく。彼女は巴にちらりと目をやると、

「それじゃ、朱華姫さまはお借りしていくわ」

と気安く言って笑った。巴は不安げなまなざしで、蛍を見ていた。

手をひかれるまま、蛍は少女についていく。少女は回廊をまっすぐ進み――内裏の門を通りすぎてしまった。

「あの……？　どこに行くんですか？」

うふふ、と少女は笑った。

「ごめんなさい、皇太子さまの使いではございませんの」

「え？」

蛍は立ちどまろうとしたが、少女がぐいと手をひいて歩かせる。

「一度、ぜひお会いしてみたいと皆が言うんですの。わたくしも、お話ししてみたいと思っておりましたのよ」

「皆って……」

「桃花司《きのつかさ》の皆ですわ。わたくし、桃花司の者です。澪《みお》と申します」

あっ、と蛍は小さく声をあげた。先日、萩から聞いたばかりの桃花司。言われて、蛍は少女をよく眺める。桃色の上衣。桃花染《つきぞ》めだ。この衣を着た少女たちを、蛍は、春楊宮に来た初日に正殿で見ていた。集められた人々のなかに、桃花司の者たちもいたのだ。

蛍の顔がこわばる。朱華姫になったかもしれないはずの少女たち。権力の縮図。萩の言葉を、蛍は反芻《はんすう》する。

「そんなに緊張なさらないで」

澪は軽やかな声音で笑う。

「わたくしたちは、朱華姫さまの補佐をつとめる者なのですもの。お会いしてみたいと思って当然ではございません？　年ごろもおなじですもの、きっとお話もはずみますわ。あ、桃花司にはわたくしのような娘がほかに七人おりますの。ぜんぶで八人。八は聖数だからですって。朱華姫さま、甘いものはお好き？　蓮《はちす》の実をすりつぶして餡《あん》にした、おいしい餅《もち》があるんですのよ」

明るくしゃべる澪は、萩から聞いてなんとなく想像していた桃花司の少女とはすこし違った。権力闘争がどうの、なんて話を聞いたから、もっと怖い感じかと思っていたのだ。しかし澪は、蛍となんら変わるところのない、ふつうの少女という気がした。おしゃべり好きで、甘いもの好きで。

蛍はいくらかほっとする。警戒することもなかったか、と思った。あれこれしゃべりながら、澪は回廊を南に折れる。それからしばらくして門を抜けると、そこが桃花司の殿舎だった。

露台がないのをのぞけば、泳の宮の殿舎とおなじようなつくりだ。たくさんある扉はやはりすべて開けはなたれている。そこから飛燕《ひえん》の地紋が入った淡い桃花染めの几帳が見えていた。

階《きざはし》をあがりなかに入ると、花氈《かせん》の上に座った少女たちがいっせいにふり向いた。いずれも美しい面《おもて》の少女たちは、六人。澪を入れても七人だ。聞いていたよりひとり少ない。

「……？」

蛍は、あたりが妙なにおいで満ちていることに気づいた。けしていいにおいとは言えない、松の若木を燃やしたような香《こう》のにおい。少女たちのかたわらにある球形の薫炉《くんろ》からただよっているようだ。うっすらと、煙が部屋全体にたゆたっていた。

かぎなれないにおいにとまどう蛍の背中を、澪が押す。

「さあ、どうぞ入って、朱華姫さま」

押されたいきおいで、蛍は足がもつれて少女たちの目の前に倒れこんだ。

「まあ、大丈夫ですか、朱華姫さま」

すぐ前にいた少女が小首をかしげてほほえんだ。

「よくおころびになりますこと」

べつの少女が何かの菓子をつまみながら、にこやかに言った。

「内裏正殿でも、そうやっておころびになってましたわね。その手管《てくだ》で刃金《はがね》の皇子《みこ》どころか皇太子までもとりこになさったの？」

「――と、とりこ？」

ばたん、と大きな音を立てて入り口の扉が閉まった。澪が閉めたのだ。

「血は争えぬとは、よく言ったものですわ」

またべつの少女が、鈴の鳴るような声で言って、笑う。「母が淫奔《いんぽん》ならば娘もそのさがを受け継ごうというもの。父親が誰とも知れぬとは、なんて汚らわしい」

ぱたん、とまた音が響く。澪が、隣の扉を閉めていた。琴《きん》を抱えて手入れをしていた少女が、口を開く。

「かような娘が朱華姫とは、なげかわしい。聞けば文字も知らぬとか。この桃花司で朱華姫となるべく教育を受けてきたわたくしたちのほうが、ずっとふさわしいでしょうに」

澪がゆっくりと舞うような足どりで歩きながら、さらに隣の扉を閉めにかかる。それを閉じたら、また隣の扉。ぱたん、ぱたんと扉が閉まっていくたび、部屋はうす暗くなっていく。

蛍は、だんだんと暗さを増していくあたりの様子に、肌があわだった。胸のなかがざわざわする。怖い。なんだか、ここは、怖い。

「あ……あの」

床に手をついたまま、蛍はじりじりと少女たちから離れようとする。その手を、手前にいた少女がつかんだ。少女とは思えない力の強さに、蛍は恐怖をおぼえる。

「わ、わたし帰り——」

とっさに立ちあがろうとした蛍の手を、少女は容赦なくひっぱる。手が抜けそうになって、蛍は悲鳴をあげて倒れた。そばにあった薫炉にぶつかり、ひっくり返してしまう。灰が巻きあがり、蛍の衣を汚す。香のにおいが濃くたちこめ、蛍はせきこんだ。

「まあ、大変」

言葉とは裏腹にゆったりとした口調で少女が言って、蛍の袖をつかむ。

「こんなに汚れてしまって。着替えなくては」

ほかの少女たちも、蛍のまわりに集まってくる。

「髪も汚れてらっしゃるわ。湯浴《ゆあ》みをしたほうがよいのではなくて？」

「いっそ、禊《みそぎ》のほうがよろしいのでは？」

「それがよろしゅうございますわ。わたくしどもでお手伝いいたしましょう」

少女たちの手が、蛍の衣にかかる。蛍は、ぞっとした。少女たちは皆、愛らしい笑みを浮かべていたが、目はうつろな闇をたたえているように思えた。ぱたん、と最後の扉が閉じられて、暗闇がふくれあがる。窓から射《さ》しこむ陽だけが、うっすらと光の筋を床に落としていた。

「やっ……！」

紅《くれない》の上衣がはぎとられた。帯がとかれ、裳《も》の紐もひきちぎるようにほどかれていく。裳をぬがされ衣の衿《えり》まで開かれて、蛍は必死に抵抗する。だが、七人がかりで押さえつけられては、何もできなかった。

恥ずかしさと、おそろしさで、全身がふるえる。腕を、脚をつかむ少女たちの指が食いこんで痛い。怖い。怖い、怖い、怖い――！

「ひ弱なくせに、強情だこと。あの侍女もずいぶん強情だったけれど」

恐怖にかすむ蛍の頭に、そんな声が響いてくる。

——侍女？　巴のこと？

「それにしても、この体。女童《めのわらわ》のよう。おふたりの皇子も、この娘のどこがよいのでしょう」

ふくみ笑いをもらしながら、少女のひとりが蛍の内着の上から胸をなでる。蛍の喉からひきつった声がこぼれた。べつの少女の手が内着の衿をひっぱる。蛍は悲鳴をあげようとしたけれど、おそろしさが喉をふさいで、か細い声しか出てこない。たすけて、と声なき声でさけんだ。

——たすけて。柊さま！

ひっぱられた衣から肩があらわになり、蛍は絶望的な気持ちになる。

誰も、助けになんて来ない。

柊さまは、来ない。

だってわたしは、あの人を傷つけた。

若木をいぶしたような香のにおいに、頭がもうろうとする。暗闇が、おおいかぶさってくるようだった。その暗闇のなかに蛍は、ところどころ、ひときわ濃い闇がうごめくのを見た気がして、ふと目を奪われる。

天井の梁《はり》の上。几帳のすきま。蛍を押さえつける少女たちの、背後――。

蛍は息をのんだ。少女たちのうしろの暗闇が、もぞもぞと動き、ふくらんでいっている。

煙が広がるように、黒いものが、こちらにせまってくる。

見たことがある。黒いもや。小さな虫のような。

ぞわりと、鳥肌が立った。あれは、あれは――。

――穢《けが》れだ！

穢れは、少女たちの体にまとわりつきながら、蛍に近づいてくる。ゆっくりと、ゆらめいて形を変えながら、それは蛍の足首にからみつこうとした。

だが、その瞬間、何かにはじかれるように、穢れはぱっと散った。ちりぢりになって、蛍から離れていく。

ゆらぎながら散らばっていく穢れは、徐々にうすれて、ついには消えていった。

蛍は、少女たちの手がとまっていることに気づいた。ぼんやりとした様子で、固まっている。

「――？」

いったい何、と思ったとき、扉のひとつが静かに開いた。部屋のなかがうっすらと明るくなる。誰かが入ってきた。少女たちがはっとしたように蛍の上から飛びのく。

「――これはいったい、何事じゃ」

しっとりと美しい、少女の声が響いた。蛍は身をおこして、うしろをふり仰ぐ。

入り口に、神々しいまでにきれいな少女が立っていた。黒々とした髪に、細い面。すっと筆でひいたような形のよい眉に、切れ長の目、みずみずしい赤い唇。

「絲《いと》さま！」

少女たちがひれ伏している。

――誰？

蛍がまじまじと美しい少女を見あげていると、彼女は蛍を見て、広袖で口もとをおおい、眉をひそめた。

「なんという姿。そなた、朱華姫か？」

蛍は自分が白い衣一枚でいることに気づいて、あわててはだけた衿を合わせた。

「それにこのにおい。そなたら、あれほどやめよと言うたに、またあの香を薫《た》いておったのか」

絲、というらしい彼女は、少女たちをにらみつけ、厳しい声を投げつけた。少女たちは皆、うしろめたそうな顔をして黙りこむ。

絲は蛍をちらりと見おろした。冷え冷えとした目だった。

「わたくしはここの頭《かみ》、氷見の絲じゃ」

氷見──右大臣の名だ。右大臣の娘が桃花司《つきのつかさ》にいる、と萩から聞いたが、では彼女が。

「朱華姫ともあろう者が、かように下の者にいたぶられようとは」

さげすむような声音で、絲は言った。

「みじめなものじゃ」

──みじめ？

蛍は呆然と絲を見つめた。絲は、冷たく、誇り高い目をしていた。結いあげた髪はつややかで、日ごろから丁寧に手入れされているのがうかがえる。髪を飾るのは碧玉《へきぎょく》と金のかんざし。絹の上等な衣からは、薫きしめた香のかおりがただよう。何よりも圧倒されるのは、ただ立っているだけでそれとわかる、高貴なたたずまい。

蛍は、己の姿を見おろした。衣は乱れ、おそらく髪もぐちゃぐちゃだ。

心を、笞打《むちう》たれたような気がした。

──彼女が朱華姫だったなら、こんな目にはあわない。

彼女は、それを許さない。まわりの者も、彼女にはけしてこんなことをしない。蛍は、あなどられているのだ。弱い者だと。父もなく、たいした家の出でもなく、すべてをはねつけるような誇り高さも持ち合わせていないから。

──みじめだ。

蛍は、今まで自分をみじめだと思ったことはなかった。父親のいない子だとののしられても、伯父にぶたれても。けれど、今は――絲の足もとにうずくまっている自分は、ひどくみじめだと思った。

蛍はぎゅっと唇を噛みしめる。床に散らばった衣をかき集めて立ちあがると、逃げるように入り口から飛びだした。

前も見ずに回廊をひた走り、泳の宮の門をくぐる。そこで誰かにぶつかって、蛍は立ちどまった。

「蛍⁉　どうしたのだ、その姿は」

目をみはった柊がいた。そばに巴もいる。

「先ほどの使いが桃花司からのものだったと聞いて、そちらへ向かおうかと――何があった？」

柊は青ざめている。蛍は涙がこみあげそうになって、ものも言わず殿舎に駆けこんだ。寝所に飛びこみ、扉を閉める。抱えていた衣をばさばさとその場に落として、蛍はうずくまった。

「蛍！」

柊が、いつになく狼狽した声で扉の外から蛍を呼ぶ。蛍は、返事をしなかった。できなかった。声を出したとたん、涙があふれてきそうだった。

床の上に落ちた衣をひきよせ、ぎゅっとにぎりしめる。懸命に歯を食いしばっていたが、もう、こらえきれなくなってしまった。

「……帰りたい」

そうつぶやくと、唇がふるえて、喉がふるえて、胸がふるえた。何かが胸の奥ではじける。

「……うっ……」

嗚咽《おえつ》がこみあげてきて、蛍は衣の上につっぷした。悲鳴のような泣き声が、あとからあとから出てくる。

——もう、いや。朱華姫なんていや。帰りたい。

お母さまに、会いたい。何もかもぜんぶ捨てていって、お母さまに、抱きしめてほしかった。

もういいよって言ってほしい。だから言ったでしょう、春楊宮は怖いところだって……そう叱って。もうむりしなくていいのよって、頭をなでて。

「……うっ……うっ……」

——会ったって、抱きしめてくれはしないのに。

かけてくれる言葉なんてない。

今の母は、ただ、宙を見つめることしかしない。

蛍を見もしない。

蛍を抱きしめてくれる『お母さま』なんて、まぼろしだ。

――寒い。

骨が凍えそうなほど、寒い。寒くて寒くて――さびしかった。

さびしくて、みじめで、消えてしまいたい。

しゃくりあげながら、蛍は泣いた。


「蛍さま」

扉の向こうから、遠慮がちな巴の声がした。蛍はそのころにはもう、嗚咽することに疲れて、ただぼんやりと涙をこぼしていた。

「皇太子《ひつぎのみこ》さまから、甘茶をいただきました。……開けてくれませんか」

「……甘茶?」

蛍は涙をぬぐうと、のろのろと立ちあがり、扉を開けた。白磁の器をのせた盆を持った巴が、泣きそうな顔で立っていた。

「巴……?」

盆を蛍の前に置くと、巴はいきなり手をついて頭をさげた。

「蛍さま、ごめんなさい……! 使いが桃花司の方だって、わたし、最初からわかってたんです。蛍さまと話がしたいだけだから、って言われて……でも……」

巴は、ぐしゃりと顔をゆがめて、涙で濡れた蛍の衣を眺めた。

「こんな、こんなめにあわされるなんて」

巴は泣きだした。

「巴……ううん、わたしだって、そう言われて信じてついていったんだもの。だから、巴のせいじゃない」

「いいえ、いいえ」

巴は激しく首をふる。

「話だけで終わるはずないって、わたし、わかってました。あの人たちが、それだけで帰すはずないって。でも、呼んでこないならそれこそ蛍さまにひどいことしてやるって」

蛍は、はっとする。

「巴……あの人たちと、会ったことがあるのね？」

蛍は、桃花司の少女のひとりが口にした言葉を思い出す。

『あの侍女もずいぶん強情だったけれど』。あれは、どういう意味？

すっと血の気がひいた。――まさか。

「まさか、あなたも……何かされたんじゃ」

巴が顔をこわばらせる。蛍は悲鳴をあげそうになった。

「何を。何をされたの。どうして、巴まで」

「わたしは――わたしは、たいしたことはされてません。大丈夫です」

蛍は、じっと巴を見つめる。そして、あっ、と気づいた。

「巴、前に手首を怪我していたでしょう」

柱にぶつけたと言って。

蛍は巴の手をとり、袖をめくりあげた。

「……！」

巴の腕には、点々と、赤黒いあざができていた。血がにじんでいるものもある。

「これ……つねられたのね」

声がふるえた。あざには、爪のあとが、くっきりとついている。力いっぱい、つねられたのだ。

「こんなに……いっぱい」

蛍は、息が苦しくなる。いつから？　いつからこんなめに。

「わたし、気づかなかった。あなたがこんな、ひどいこと、されていたのに」

めまいがする。――いったい毎日、何を見ていたの！

「あなた、泣き虫なのに。そんなところ、ちっとも……」

巴は、泣き笑いの顔になった。

「わたしが泣くのは、蛍さまのことでだけです。……蛍さまはこれまで、わたしがだんなさまにぶたれそうになったとき、なんどもかばってくださったでしょう。それでいつも、蛍さまが手ひどくぶたれることになるのに。やっとここで、大事にされて暮らせるようになったんだから、わたし……」

こんなことをされても、我慢しようと思ったのか。蛍のために。

蛍は、ぎゅっと衣をにぎった。

「……いつから？」

巴は、しばらくの沈黙のあと、ぽつりぽつりと話した。

「ここに来て何日かたって……桃花司の人に、人手が足りないから、暇だったらこっちの侍女もやってくれないかって頼まれて……たしかにわたし、暇だったんです。蛍さまには、柊さまがついてたから」

それで、こんなめに。

蛍は、唇を噛みしめる。じっと動かず、巴の傷ついた腕を凝視していた。目に焼きつけようと思った。

「――巴。着替えるの、手伝って」

そう言って、蛍は白磁の器をとると、冷めた甘茶を一気に飲み干した。立ちあがって櫃《ひつ》のふたを開けると、衣のなかから一番見栄えがしそうなものを選ぶ。

「蛍さま?」

「消えてしまいたいって思ったの」

撫子《なでしこ》色《いろ》の衣に、飛鳥と蔓草文《つるくさもん》が刺繡《ししゅう》されたいろどり豊かな紅の上衣。

「もういやだって。だけど、わたし、悔しい。巴がそんなめにあって、逃げるのはいや。わたしたちは、弱くなんかないもの。絶対、絶対——二度と巴にそんなこと、させない」

若緑の裳に、朱色の帯。

絲を見て、蛍は衣の意味を知った。衣は、ただ着るものじゃない。ああして自分の価値を知らしめるもの。美しい盾なのだ。

蛍は乱れた髪をほどき、巴に結い直してもらう。隙なく、きっちりと。

体のうちが、燃えあがるようだった。これほどまでに憤りをおぼえるのは、はじめてだった。

髪を結いながら、巴がすこし笑う。

「今の蛍さま、さっきまでの柊さまとおなじような目をしてます」

「さっきまでの、柊さま?」

「蛍さまがこの部屋にこもられてから、柊さま、すごい形相で桃花司に行こうとしてたんです。『斬り伏せる』とおっしゃって――」

「えっ」

「わたしや、衛士で必死におとめしたんです。騒ぎを聞きつけた皇太子さまがなだめてやっとおさまったんですけど……」

蛍は、胸を押さえた。

「……柊さまが」

――どうして？

わたしは、柊さまを傷つけたのに。

それなのに、わたしのことで、柊さまが憤ってくれるのか。

巴のことで、わたしが憤るように。

胸が熱くなった。怒りの熱とは全然違う、あたたかくて、やさしい熱だった。

銀糸《ぎんし》が織りこまれた浅葱色《あさぎいろ》の領布《ひれ》をまとうと、蛍は部屋を出た。

「蛍――」

扉の横で待っていたらしい柊が、あでやかに着飾った蛍を見て、言いかけた言葉をとめる。

「桃花司に行ってきます」

そう告げると、柊は目をみはったあと、理解できぬというように眉をよせた。

「何ゆえだ」

「忘れ物をしました」

「……忘れ物？」

柊はいぶかしそうにする。

「それならば俺がとりに行く。何があったかは桃花頭《つきのかみ》から聞いている、そなたはもうあそこに近づいてはならぬ。桃花司の者たちはしかるべく処罰される。——いや、あの者たちだけではない。俺もまた、罰せられねばならぬ」

柊は蛍の前に膝をついた。

「そなたを守るのが俺の役目だというのに、うかうかとひどいめにあわせた。たとえそなたにいやがられようとも、そばを離れるべきではなかったのだ。いかようにも罰してくれ」

「ば——罰するなんて、そんな」

柊はこれ以上ないくらい苦しげな顔をしていた。腰帯から大刀《たち》をはずして、蛍にさしだす。

「これで斬ってくれてもかまわぬ」

蛍はぎょっとしてあとずさる。柊は思いつめた目で蛍を見つめていた。

「御召人をやめろと言うなら、やめる。帝に申しあげてほかの者を――」

「そっ、それはいや！」

自分でもびっくりするくらい大きな声が出て、蛍はあわてて口を袖でおおった。

「そ……それは、いや、です……」

小さな声で言い直す。柊はぽかんとしていた。

「……俺が御召人でもよいと？」

蛍はこくこくとうなずいた。柊がそばからいなくなるなんて、いやだ。どうしてかなんて、深く考える間もなく、うなずいていた。

こわばっていた柊の体から、ほっと力が抜けるのがわかった。

「わ……わたしのほうこそ、柊さまを、傷つけたのに」

「傷つけた？」

「柊さまを、怖がりました」

柊は、はっと息をのむ。

「柊さまがどう感じるか考えもせずに、宮を抜けだしました。それなのに、柊さまは――わたしのために、怒ってくださるのですね」

蛍もまた膝をつき、柊の手をとった。柊が、驚いたように体をふるわせた。

「それだから、わたしは桃花司に行くのも怖くありません。わたし、どうしても桃花司の人たちに言わなくてはならないことがあるんです」

「言わねばならぬこととは」

「文句です」

柊は目をしばたたく。「文句？」

「わたし、何も言えずにあそこから逃げだしてきました。だからちゃんと文句を言って、あやまってもらいます」

「むろん、謝罪はさせる。そなたがあちらにおもむかずとも」

蛍は首をふった。

「負けたままなんです、わたし。あちらであの人たちに負けずに向き合えないと、とり戻せない気がするんです。踏みにじられたもの、ぜんぶ」

「……それがそなたの忘れ物か」

柊は蛍をじっと見つめたあと、静かに立ちあがった。

「ならば俺はそなたに従おう。俺もともに行く。俺はそなたの御召人なのだから」

落ち着きのある柊の瞳に見つめられると、蛍は、包みこまれるように安心する。むくむくと、心が奮い立つ。どうしてだろう、とても——とても、心強くなる。

柊をともなって桃花司の殿舎をおとずれると、閉じられていた扉はふたたびすべて開放されていた。風通しがよさそうだ。あのいやな香のにおいをとりさるためだろうか。

なかに入ると、意外な光景が広がっていた。

「おや、朱華姫。何用じゃ」

入り口近くに立っていた綵がふり返った。綵は女人にしては上背があり、小柄な蛍よりもずっと高い位置に頭がある。蛍は彼女を見あげて、「あの、これは……？」と問うた。

部屋のなかでは、桃花司の少女たちがおのおの布を手に、床や壁、扉をふいていた。屏風や花氈といった調度類は、まとめて端にかたづけられている。

「掃除じゃ。香のにおいがしみついていたのでな。清めている」

「掃除……」

少女たちは長い袖をめくりあげて黙々と、あちらこちらを磨いている。

「して、何用なのじゃ、朱華姫。あやまれとでも言いに来たか」

綵は冷ややかな目で蛍を見おろす。

「しっぽを巻いて逃げておきながら、今ごろのこのこと。あきれたことじゃ」

「桃花頭、言葉がすぎよう。そなたら桃花司は蛍に仕える立場だ。わきまえよ」

蛍のかたわらにいる柊が刃のような鋭い声を投げる。ほかの者なら身をすくませる声音だ。が、綵はまったく臆した様子もなく、

「申しあげますが、皇子さま。たしかに、朱華姫はわれら桃花司のあるじにございます。

なれど、下の者にいいようにいたぶられて逃げ去る弱いあるじなどいりませぬ」

ときっぱり言いはなった。

柊は無言で大刀の柄に手をかける。蛍はあわててその腕を押さえた。

「待ってください、柊さま。今は、わたしに話をさせてください」

柊は蛍を見おろして、不承不承といった様子で、うなずく。

蛍は絲に向き直った。いつの間にか、ふき掃除をしていた少女たちが絲のそばに集まってきている。蛍は暗がりのなかでとりかこまれたおそろしさを思い出して、あとずさりしそうになるのを、ぎゅっと足の指に力を入れてこらえた。

「たしかに、わたしはさっき、逃げました」

蛍は、少女たちひとりひとりの目を、順番に見つめる。

少女たちは、暗がりのなかで見たときほど、怖くなかった。皆、うしろめたそうな顔をして目をそらす。絲だけが、冷然と蛍を見返してきた。

蛍は胸を押さえる。熱がやどっている。思い、思われる、たしかなあたたかみ。

もう、寒くはない。

「わたしは何も持ってないから。あなたたちのような家柄も、教養も、誇りさえ。だから——あなたを見たとき、認めてしまったんだわ」

蛍は絲に向かって言ったあと、目を伏せる。

「あなたたちに踏みにじられる程度のわたしなんだって。だからみじめで――」逃げだした。逃げたことが悪かったんじゃない。あの瞬間、蛍は、自分で自分を価値のない人間にしてしまった。負けてしまった。心が。

「でも」

蛍は顔をあげた。

「巴は、わたしのためにずっとつらいことに耐えてくれてた。巴のためなら、わたしはあなたたちを引きずり倒してでもあやまらせる。わたしのためには、柊さまが怒ってくれる。――わたしは何も持ってないなんてこと、ない。あなたたちに踏みにじられていい者じゃない。だから、二度とあんなこと、許しません」

蛍は、少女たちをにらんだ。

「巴にだって、またひどいことをするなら、わたしはあなたたちの指を噛み千切ります」

少女たちは、一様におびえた顔であとずさった。蛍は前に進みでて、ひとりの少女の手をつかむ。少女が、ひっと声をあげた。蛍の手をつかみ、引き倒した少女だ。逃げようとする少女を、蛍は押し倒した。少女たちのあいだから悲鳴があがる。

「あやまってください。わたしと、巴に、あやまって」

少女の顔はすっかり青ざめていた。蛍に恐怖をおぼえさせた、うつろな、闇をたたえたような瞳はいったいどこへいったのだろう。

「――朱華姫」

絲が口を開いた。

「もうよかろう。この者たちには、もはやそなたに逆らう気概はない。そなたの勝ちじゃ」

蛍は絲を見あげた。

「いいえ、まだあやまってもらっていません。そうしないとわたしは――」

絲は、軽くため息をついた。そして、品定めするようにじっと蛍を見つめる。

「……わたくしたちは、朱華姫となるべく育てられた。そのために得られなかったものも、手放したものも多くある。それを、そなたのように楽《がく》もろくにできぬ者が選ばれたとあっては、納得するのはむずかしい。――わかるか、朱華姫。納得させてほしいのじゃ。そなたが、かしずくに足る者であると」

むろん、と絲は続ける。

「納得させる必要など、そなたにはない。じゃが、わたくしは自分がかしずく相手は自分で選びたい。そなたにその器量があるのならば、喜んで額《ぬか》ずこう」

絲の口調はあいかわらず冷ややかだったが、どこか、切実さがにじんでいるように蛍には思えた。

蛍には、彼女たちが今までどう生きてきたのか、よくわからない。蛍は帝にむりやり朱華姫にさせられただけで、かしずくに足るも何もない。にせものなのだから。でも。絲にとっては、ほんものなのだ。事情を知らないほかの誰にとっても、蛍はまぎれもなく朱華姫なのだ。

それだから、彼女たちにとって、蛍は誰より朱華姫にふさわしくなくてはならないのだ。

蛍は、頰をはたかれたような気がした。

朱華姫の重荷は、わかっているつもりだった。けれど、にせものだからできないことも当たり前だと、たぶん、どこかで思っていた。それでいいと思っていた。

──それじゃ、だめなんだ。だから、巴を守れなかった。

朱華姫のふりをしろと言ったとき、帝は、ここでおとなしく暮らしていればいいだけだと言った。

──大嘘つきだ。

とても、そんなものじゃない。

蛍は、絲の目を見つめた。誇り高い目だ。けして、形だけかしずこうなどとはしない人だ。蛍が仕えるに値しなければ、彼女は、きっと桃花頭をやめるのだろう、と、直感した。

蛍は立ちあがり、絲と向き合った。

――この人は、わたしを弱いとなじったけれど。

それは、本質をついていた。蛍は絲の言ったことを理解したし、絲も、蛍が持ってきた答えを理解したと思う。だから、納得させてほしい、と言うのではないのか。それは、彼女の本心だろう。

こたえたい、と思った。そして、こたえなくてはいけないのだ、と知った。

蛍はにせものだけれど。それはもはや逃げこむ言葉になりはしないのだと、絲の瞳を前にして、ようやく悟った。

「わたし――あなたをかしずかせたい」

かしずくに足る、自分になりたい、と思った。

絲はすこし、驚いたように目をしばたたく。それから、うっすらと笑みを浮かべた。

「ならば、かしずかせてみよ」

話はもう終わりだ、と言いたげに絲は背を向ける。

「われらはこれからここを、祓《はら》い清めねばならぬ。そなたはもう帰れ」

蛍は部屋のうちを見まわした。すべての戸が開けはなたれ、部屋はすみずみまで明るい陽に満ちている。

――もう、穢れのいたような気配はまるでない。

「祓い清める、というのは、穢れが現れたからですか？」

そうたずねると、絲はちらと蛍を見返った。

「見たのか、そなた」

蛍はうなずく。

「物陰から、もやもやと集まってきて……触れたとたん、はじけて消えてしまったけれど」

「はじけて、消えた？　何に触れたと言った」

絲が聞きとがめたように問いただしてくる。

「わたしの足、のように見えたけれど……よくわかりません」

蛍はとまどい気味に答えた。絲にじっと見すえられて、ますますとまどう。

「……そなた、宮中で今、何がおこっておるのか、知っておるか」

「え？」

いいえ、と蛍は首をふる。

「穢れが現れやすくなっておるのじゃ」

絲は視線を落とす。

「昼夜問わず、たびたび穢れが現れる。巫術師《ふじゅつし》たちが祓い清めてくれるが、そもそも本来なら宮中に穢れの現れようはずがないのじゃ。穢れは、悪い気を好む。恨みや妬《ねた》み、そうした心のくもりが穢れを招きよせるのじゃ。何かと悪い気のたまりやすい宮中はかっこうのえさ場であろうが、同時に神の護りがもっとも強い。穢れは近づけぬはずであるのに、何ゆえ……」

——それは、神さまがいなくなったから？

神の護りがなくなって、穢れをふせげない——。

「そなた、どう思う」

絲は蛍をじっと見つめて、そうたずねた。朱華姫としてどう答えるのか試されているように思えて、蛍は一生懸命、考えこむ。

「悪い気が穢れを引きよせるのなら……その悪い気を、たまりにくくすればいいのではないでしょうか」

絲が虚をつかれたような顔をした。

「そなたは、神に祈るということを考えぬのじゃな。何ゆえか、ということも。それよりも、われら自身がひとりひとり、身を慎めと」

蛍はぎくりとした。祈っても神の護りは期待できないことを、蛍は知っている。神がいないのだから、どうしようもない。ならば自衛するしかない、という結論になる。

「あの、それは——できることからやっていったほうが、結果的に早いんじゃないかと思って」

「して、その方法は」

「方法……禊は？」

あれは、心身を清めるのに効くはずだ。そう思って蛍は言った。

「皆で禊をしてはどうでしょう」

「……川遊びじゃあるまいし、皆でするようなものではないのじゃが」

しかし、と絲は考えるようにうつむく。「禊か……」

と、そのとき、それまで蛍がお願いしたとおり黙って控えてくれていた柊が、「そういえば」と口を開いた。

「蛍、そなたは変わった禊のしかたをしていたであろう。あの方法は、とてもよいものだと俺は思う。あれを広めてはどうだろう」

「えっ……いえ、あれは」

禊でもなんでもない。柊にそう訂正するのを忘れていた。広めるなんてとんでもない。

絲は興味をひかれたようだった。

「おもしろい。よかろう、宮人《みやびと》たちの禊を帝に進言してみよう」

蛍は、今さら誤解なのだとは言いだせず、ひとり冷や汗を浮かべていた。

第四章

見えない傷あと

「桃花頭《つきのかみ》が、禊《みそぎ》の儀のとりおこないを進言してきた」

紫檀《したん》の盤に紅《あか》い碁石をぱちりと置いて、帝は言った。

向かいに座る青藍《せいらん》は、禊の儀ですか、と返して紺の碁石を手にとる。

「どなたの禊です？」

「宮中の者たち皆の」

「皆ですか。——なるほど、よい案かもしれませんね」

青藍は、紺の碁石を盤に置く。花喰鳥《はなくいどり》が描かれた、美しい碁石である。

「根本的な解決にはなりませんが、すこしは穢《けが》れがおさえられましょう」

「うむ。それで今日、ひとまず蛍《ほたる》と桃花司《つきのつかさ》が千稚山《ちわかやま》に向かった。官衙《かんが》ごとに順に禊をさせていくつもりだ。どうにも宮中に穢れの現れる頻度が増えているからな……そなたの術でも、おさえられぬか」

「雨滴《うてき》が石をうがつようにじわじわと、この宮にほどこした私の結界はほころびはじめています。ですが、いくらか悪い気が集まったところで、そうやすやすと穢れをひきよせられるものではありません」

青藍は盤上に、花をかたどった銀の合子《ごうす》を置いた。ふたを開ける。

「桃花司にあった香です」

なかには、黒ずんだ緑の香が入っていた。

「穢れを招く術がほどこされています。おそらく巫術師《ふじゅつし》の。ほうっておけば、桃花司の人々は皆、いずれ穢れに喰《く》われてしまっていたでしょう。この香は、中毒性があるようで……」

「どこから手に入れたものだ？」

問いかける、というよりは、確認するような調子で帝は言った。

「……後宮《こうきゅう》の女官から、と」

「ふん」

帝はつまらなそうに鼻を鳴らした。

「毒きのこに火事に毒香《どくこう》にと、つぎからつぎへと調べねばならぬことが増えていく。

――ところで、青藍」

はい、と盤上から合子をとりのけながら青藍は答える。

「先ほどそなた、その合子を置くと見せて、さりげなく石をずらしたであろう。見えておったぞ」

青藍はおっとりとした笑みを浮かべて、首をふった。

「まさか、わが君の前でそのような」

「その笑みにはだまされぬぞ。負けているからといってそなた、やることがせこいわ」

帝は碁石を動かす。

「ここの石は、こうであったはずだ」

「いいえ、わが君。この石はここです」

青藍もまた、碁石を動かす。帝は顔をしかめた。

「負けずぎらいめ。〈花橘《はなたちばな》の君《きみ》〉などと言ってそなたをもてはやす女官どもに、この姿を見せてやりたいわ。そなたは私に尽忠《じんちゅう》を誓った身であろう。勝ちぐらい譲らぬか」

青藍は、八歳のときから帝に――当時はまだ帝ではなかったが――仕えている。内乱の続く霄《しょう》から逃げてきたはいいが、船は難破し、親類ともちりぢりになって路頭に迷っていた青藍を救いあげたのが帝だった。

「まったく、そなたが鼻をたらした子どもだったときには――」

ふと帝は言葉をとめて、部屋の入り口に目を向ける。大刀《たち》を佩《は》いた若者がひざまずいている。授刀衛《じゅとうえ》の者だ。入れ、とうながすと、音も立てずにすばやくそばまでやってくる。

「申しあげます。内膳司《ないぜんし》の件ですが——」

帝はやにわに、隙のない施政者の顔に戻った。

＊

——どうしよう……。

禊の川を前にして、蛍《ほたる》は困っていた。

すでに白い衣一枚になっている。絲《いと》やほかの少女たちも、同様の姿で蛍のうしろにいた。

「して、朱華姫《あけひめ》。そなたの禊のやり方とは？」

「ええと……」

岩から飛びこむ、なんて言ったら怒るだろうか。

——でも、あれは、すっきりするのはたしかだった。

洗い流されたように、さっぱりとした気分になった。

——柊《ひいらぎ》さまも、いい方法だと言っていた。ということは、わたしが思っているより、いい方法なのかもしれない。

うん、とうなずいて、蛍は岩へと足を向けた。ここまで来たら、腹をくくるしかない。

堂々としていないと、だめだ。

「何をする気じゃ？」

絲は半分興味深そうに、半分けげんそうにたずねてくる。

「岩にのぼるんです。ついてきてください」

少女たちは顔を見合わせていたが、絲が蛍のあとをついていくので、それに従う。

蛍はまず手ごろな岩にのぼると、さらに隣の岩にうつり、そうして滝壺近くの大きくて高い岩にまでのぼる。そのふちに立つと、背後の絲がさすがに当惑した声をかけてきた。

「朱華姫？　こんなところまでのぼって、いったい……」

「見ていてください」

蛍は深呼吸して息をととのえると、

「えいっ」

と岩を蹴って川に飛びこんだ。体が落ちていくときの心許《こころもと》なさと、水面《みなも》を割る瞬間の痛み、体を包みこむ水の心地よさ、そこから浮きあがっていくときのひっぱられる感じ——そんなものがぜんぶいっしょくたになって、水から顔を出したときの解放感につながる。

——ああ、気持ちいい。

ぷるぷると頭をふって水滴を飛ばすと、蛍は頭上を見あげた。絲をふくめた少女たちが、驚愕《きょうがく》の面持ちでこちらを見おろしている。

蛍はすこし泳いで場所をあけると、岩の上にいる少女たちに向かって手をふった。

「どうぞ、飛びこんでください」

そう言ったが、皆固まったまま、動こうとしない。どうやら、飛びこむのが怖いらしかった。蛍はちゃぷんと手をおろす。

「やっぱり、こういうのは、いけなかったでしょうか……」

そのとき、絲が岩のふちにすっと立った。

「そなたのやり方で禊を行うと決めたのはわたくしじゃ。自分で決めたからには、やらぬわけにはいかぬ」

絲はこわばった顔で言うと、決心したように唇をひき結び、岩から身を躍らせた。大きな水音が響く。しぶきが顔にかかって、蛍は目を閉じる。

目を開けると、水中から顔を出した絲がいた。彼女はどこか放心したように頭上を見あげている。蛍は水をかいて彼女に近づいた。

「大丈夫ですか？」

「……このような感覚は、はじめてじゃ」

絲は、ほうと息を吐いた。

「飛びこむとは、気持ちのよいものじゃの」

蛍はほっとした。やはり、すっきりとするものなのだ。

絲が飛びこんだことで、ほかの少女たちもつぎつぎと身を投じる。いずれの少女も、浮きあがってくると何かをぬぐいさったようにさっぱりとした顔をしていた。

「禊とは、つまり〈身削《みそ》ぎ〉じゃ。飛びこんだいきおいで、体についた悪いものがいっぺんに削がれる。また、川底から浮きあがってくる行為は再生の儀式に通じるものがあろう。穢れをふり落とし、新たな力を得る、なるほど皇子《みこ》さまのおっしゃるとおりよい方法じゃ」

「はあ……」

川からあがった絲は、髪をふきながらそう説明した。

そんな深いことを考えてやっていたわけではない蛍は、あいまいにうなずいた。

ほかの少女たちも、川からつぎつぎとあがってくる。憑《つ》きものが落ちたかのような表情をしていた彼女たちは、蛍をじっと見つめたあと、そろって崩れ落ちるようにその場に膝をついた。

「お――お許しくださいませ、朱華姫さま！」

いきおいよく頭をさげられて、蛍はびくりとする。

「わたくしたち、あのようにひどいことをするつもりは、なかったのです」

「ほんとうです。あの、すこしは……いやみを言ってやろうと思ってはいました。けれど……」

「あの香のにおいをかぐと、胸のなかが焼きついたように苦しくなって、自分でもわけがわからぬうちに、人を傷つけたくてたまらなくなるのです」

少女たちは、涙を浮かべて己のしたことにおののいている。あの穢れが、彼女たちに影響を及ぼしていたのはたしかだろう。だが——。

「申し訳ございませんでした、朱華姫さま」

「二度とあのようなまねはいたしませぬ」

殊勝に頭をさげる少女たちを前に、蛍はどうしていいかわからなかった。聞きたかったのはこのふたつの言葉なのに、これを聞けば踏みにじられたものがとり戻せると思っていたのに、あのときの恐怖と屈辱も、巴《ともえ》を傷つけられた怒りも、消えることなく凝《こご》っている。

何か言わなくては、と思う。

——けんかをしたとき、相手があやまってきたら、自分もあやまるか、あるいは許すものだ。

あやまって、許して、終わるのだ。でも。

「朱華姫」

絲が口を開いた。

「心《しん》から憤ったときにはな、容易に『あやまれ』とは口にせぬほうがよい。あやまられては、許さねばならなくなる。それを求められる。じゃがな——わたくしがそなたとおなじ目にあったら、謝罪することなど相手に許さぬ。その前にこの滝壺にでも沈めてくれるわ」

ほんとうに、そうしかねないような冷え冷えとした目で少女たちを見る。少女たちは震えあがった。

絲は髪をうしろにはらうと、

「禊はすんだ。早《はよ》う着替えて春楊宮《しゅんようきゅう》に戻るぞ」

と皆をうながした。それからふたたび蛍を見る。

「あの者たちの行為は、頭《かみ》であるわたくしの責でもある。目が行き届かなんだ。じゃが、わたくしはそなたにあやまらぬ。あやまらぬ以上、そなたは許さずともよい。悪いのはわたくしじゃ」

許さずともよい、と言われて、蛍はふっと力が抜けた。

「絲さま……」

思わずそうつぶやくと、絲は眉をひそめた。

「そなたはわたくしの上に立とうという者。さまなどつけてどうするのじゃ」

そういえば、そうか。少女たちが皆そう呼ぶので、うつってしまった。

「じゃあ……絲さん」

「呼び捨てにするだけの気概もない者にかしずけようか」

「でも、絲さんは、わたしより年上ですよね？」

年上の人を呼び捨てにするのはどうも……と思ったのだが、

「わたくしは十六じゃが？」

と絲が言ったので蛍は驚いた。

「えっ、お、同い年？」

蛍は着替え途中の絲の体をぶしつけにもしげしげと眺めてしまう。

背が高いせいもあるのだが——蛍とはまるで違う、やわらかな丸みを帯びた女性らしい体は、とても同い年とは思えない。

「わたくしが早熟なのではない。そなたの体が十六にしては幼すぎるのじゃ」

うぐ、と蛍は言葉につまる。

——なんだか最近、そんなことを言われてばかりな気がする。

あまり自分の体を見ないようにしながら、蛍は着替えた。

「——それはそうと、朱華姫。そなた、〈言祝《ことほぎ》の儀〉にて奏でる楽器はもう決めたか」

着替え終えた絲にそう問われて、蛍はうなずいた。

「横笛です」

今のところ、まともにできるのは笛くらいしかない。

「承知した。ならばこちらも、それに合わせて用意しよう」

〈言祝の儀〉では、朱華姫と桃花司《つきのつかさ》の者たちがそろって楽《がく》を神にささげる。儀式はもう三日後だ。絲の言葉に、とたんに儀式がせまっていることを思い出させられて、蛍は背中が重たくなってきた。


「〈言祝の儀〉か……」

蛍はため息まじりにつぶやく。

〈言祝の儀〉で朱華姫は、文字通り神から祝いの言葉を授かるのだという。その言葉は朱華姫にしかわからぬことで、余人には見えないし聞こえもしない。——だからこそ授かったふりなんてことができるのだが。

「〈言祝の儀〉がどうかしたか、蛍」

蛍の頭上から、柊の声がふってくる。蛍は今、柊とともに彼の馬、安斗《あと》に乗せてもらっていた。鞍《くら》に横乗りした蛍が落ちぬよう、柊の腕がうしろから支えてくれている。

禊からの帰り道である。桃花司の一行もいっしょだ。兵衛《ひょうえ》——兵衛府の兵だ——の馬に同乗している者もいれば、輿《こし》に乗っている者もいる。その周囲を警護の兵衛がかこんでいた。

蛍は柊を見あげた。

「いえ、ちゃんとできるかな、と……」

「案ずることはない。そなたの笛の音《ね》は美しい。神もお気に召すだろう」

お気に召すはずの神がいないのだ――とは、もちろん言えない。

神から授かった言葉は、儀式のあと神祇官《じんぎかん》に報告して、記録される。言葉は、青藍が考えてくれるとのことだった。蛍はただそれを、伝えればいいだけ。

けれど、不安だ。ばれはしないか。楽はうまくいくか。朱華姫として、皆が納得してくれるだけのことが、蛍にできるか。

「それほど不安ならば、帰ってからいくらでも笛を吹けばよい。楽を奏していればよけいなことは考えられぬ。俺もつきあおう」

「あ……ありがとうございます」

柊はすこし笑って、遠慮がちながら、蛍の頭をなでてくれた。

――また、触ってくれるようになった。

桃花司での一件以来、柊は、ためらいながらもまた、近づいたり触れたりするようになった。

頭をなでる手や、腰にまわされた手のぬくもりに、蛍はうれしくなる。同時にすこし、くすぐったい。

――柊さまに触れられると、すごく安心する。でも、どうしてだろう。すごく、落ち着かなくもなる。正反対のことのようなのに。

お日さまに包まれたみたいな気分になるのに、胸のなかはどきどきとして、せわしない。

相反する感覚にとまどいながら、蛍は柊の胸に体をあずけた。


――人の体温とは、これほどあたたかいものだったか。

よりかかってきた蛍を胸に抱いて、柊は感動に近い驚きをおぼえる。

じんわりと、蛍のぬくもりが柊の心にまでしみこんでくるようだった。

蛍に触れていると、あたたかくて、うれしい。そのぬくもりに触れられるのがうれしくて、ずっと触れていたくなる。離したくなくなる。

――蛍は、ほんとうに、俺が触れてもいやではないのだろうか。

期待してはいけない、となんども思う。だが――。

『それはいや!』

蛍は、柊が御召人をやめるのは、いやだと言った。柊が御召人でもよいと。そう、うなずいた。柊を傷つけたと言って自分を責めて、柊の手をとったのだ。柊がいれば、怖くないと。

——どうしてなのだろう。

蛍は、柊がおそろしくないのだろうか。そう信じてみたくて、けれど手を伸ばすことにはやはり躊躇《ちゅうちょ》する。心が、ゆれていた。

ただひとつ、明確なことは、二度と蛍をひどいめにあわせてはならない、ということだ。

——二度と、あのような顔はさせぬ。

あのとき、桃花司から逃げ帰ってきた蛍の姿を見たとき、柊は息がとまりそうになった。

白い衣一枚で、胸にぬがされた衣を抱えて、髪も乱れて——それでも泣くのを必死にこらえている顔をしていた。

二度と、あんな顔は——。ぎゅっと、蛍を抱える手に力がこもった。蛍が身じろぎする。柊はあわてて力をゆるめた。

「すまぬ」

いいえ、と蛍が恥ずかしそうにうつむいたとき、後方から、馬の鋭いいななきが聞こえた。

「！」

最後部にいた兵衛の馬が、前脚をあげて興奮している。いななきは、悲鳴のようだった。

「矢だ！」

馬からふり落とされた兵衛が叫んだ。地面に矢が突き刺さっている。それがかすめたのか、暴れる馬の腹から血が流れていた。

「ぐっ」

べつの兵衛が、うめいて馬から落ちた。肩を矢で射られている。つづけざまに、うしろから矢が射かけられた。山すその道の左右には林が続いていたが、そこからわらわらと武器を手にした者たちが現れる。十数人ほどの彼らは皆、盗賊らしき風体《ふうてい》をしていた。

動揺した馬たちが暴れて、隊列が乱れる。

「離れるな！　朱華姫さまをお守りしろ！」

この隊の長である兵衛佐《ひょうえのすけ》が声をはりあげる。しかし、急襲に驚いた馬が言うことをきかず、隊はばらばらになる一方だ。

柊は蛍の体を強く自分の胸に押しつけて、安斗を走らせた。手綱をくり、馬たちのあいだをすり抜ける。春楊宮までは、さほど距離があるわけではない。迎えうつより、ふりきって逃げるべきだ。

——ただの盗賊か、それとも、狙いは蛍か。

地方から都へと通じる道には盗賊が出やすいものだが、この界隈《かいわい》に出るという話は、聞いたことがない。彼らのおもな獲物となる、商人が行き交う道ではないのだ。

考えをめぐらせながら走るうち、風上である右手のほうから煙が流れてきた。もうもうとたちこめる煙に、柊はせきこむ。視界がさえぎられて、よく見えない。

柊は煙をさけて、風下に向かう。その瞬間、左肩のうしろに、衝撃とともに焼けつくような痛みが広がった。

「……っ！」

柊はうめき声をこらえる。――矢。煙でいぶして、風下に向かったところを狙いうってきたようだ。

「柊さま！」

肩に突き刺さる矢を見て、蛍が青くなる。

「……大丈夫だ」

柊は手で矢を引き抜くと、脇の林のなかに安斗を進ませた。木々が邪魔をして、矢を射ることは不可能だ。だが――。

柊は、舌打ちする。

林の前方から、刀を手にした男たちが現れたからだ。

――誘いこまれた。

柊が男たちをよけて安斗を走らせるあいだ、蛍は、ただ柊にしがみついていることしかできなかった。

「よいか、蛍。先ほど道で襲ってきたやつらは、こちらに集まりだしている。それなら兵衛たちの隊も、今は態勢をととのえられているはずだ。そなたは鞍にしがみついて、安斗が走るにまかせろ。そうすれば安斗が兵衛たちのもとまで行ってくれる」

柊は口早にそう告げる。蛍は、彼の言うことがすぐにはよくわからなかった。

「よいか、けして安斗からふり落とされぬようにしろ」

言いながら、柊は蛍の手をとり鞍にしがみつかせる。柊は安斗の首をなでて、言い聞かせるように言葉をつむいだ。

「安斗。蛍をたのんだぞ」

蛍は、その言葉にようやく気づく。柊は馬をおりて、男たちと戦うつもりなのだ。

「待って。いけません、柊さま。いっしょに逃げてください」

「足どめが必要だ。敵がこちらに集まっているなら、なおのこと、ここでたたいて数を減らしたい」

「ひとりではむりです!」

「むりではない。俺は〈刃金《はがね》の皇子《みこ》〉だ」

柊は、うすく笑った。

「案ずるな。どうせ生きて帰る。——さあ、行け」

柊は鞍から腰を浮かせると、ひらりと安斗から飛びおりた。

「柊さま！」

鞍にしがみつきながら、蛍は必死にうしろをふり向く。地面を転がった柊は、すばやく身をおこして大刀を抜いていた。そこに男たちが刀をふりかざして集まってくる。蛍はぞっと血の気がひいた。

「いやっ、安斗！　戻って！」

悲鳴をあげても、安斗は脚をゆるめない。一心不乱に林を駆け抜けていく。柊の姿が、どんどん、遠くなっていく。男たちが、柊に襲いかかっているのが見えた。蛍は息がとまりそうになる。

——怪我が治るとか、刃金だとか、そんなこと。そんなこと！

矢を受けて、苦痛に顔をゆがめていた。

傷つくのは、痛いのは、おなじなのに。

「お願い！　安斗、戻って！　戻ってえ！」

柊の姿が、木々で見えなくなる。ざっと、視界が開けて、蛍はまぶしさに目がくらむ。

——林を抜けたのだ。

「朱華姫さま！」

馬に乗った兵衛たちが駆けよってくる。あたりに盗賊の姿はない。柊の言ったとおり、兵衛は隊列をととのえ、絲たちの乗る輿も無事のようだった。兵衛佐が近づいてくる。

「ご無事でしたか。柊さまは？」

蛍は体をふるわせ、はじかれたようにしがみついていた鞍から身をおこした。

「――柊さまを助けて！　林のなかで、ひとりで戦っているんです！」

兵衛佐は、さほど顔色を変えなかった。

「やはり、そうでしたか。盗賊どもの足をくいとめてくださっているのですね」

では――と、つぎに彼は、信じられないことを口にした。

「われらは急ぎ春楊宮に戻りましょう」

「……え？」

蛍は、目を見開いて兵衛佐を見つめた。

「ほかにも敵がひそんでいるやもしれません。守りを固めて、一刻も早く春楊宮へ――」

「そ……そうじゃありません、柊さまを！」

助けてと、蛍はそう言ったのだ。だが、兵衛佐は首をふる。

「われらの一番の使命は、あなたさまをお守りすることです。柊さまの援護に兵をさけば、こちらが手薄になります。ご心配なさらずとも、春楊宮にはすでに知らせを走らせております。すぐに助けが来ましょう」

「そんな」

「今いる兵を援護にまわすとしても、せいぜい二、三名が限度です。十人をこえる相手に、それでは多勢に無勢――」

「そのなかを、柊さまは、たったひとりで戦っているんじゃありませんか！」

蛍は悲鳴に近い声をあげた。

朱華姫さま、と兵衛佐はなだめるように言う。

「落ち着いてください。柊さまなら、おひとりで大丈夫です。これまでも、こうしたことはありました。三年前の戦でも、幾度もそうして血路を開かれた。柊さまなら――」

「怪我をしても、すぐに治るから？」

蛍は顔をゆがめた。

「そんなことって。柊さまは、怪我をしないんじゃありません。ちゃんと、痛いんです。それなのにあなたたちは、なんども、なんども――柊さまを、そうして見殺しにしてきたのですか」

兵衛佐が、眉をひそめた。

「ならばあなたさまは、いたずらに傷を負うために、われらに助けに行けとおっしゃるのですか。われらの傷は、治らぬのに。柊さまと違って。それがために、死ぬやもしれぬのに」

「——」

蛍は、言葉につまった。兵衛佐の声には、怒りがにじんでいる。

「そんな……、……」

蛍は額を押さえた。

——わたしは、そんな、ひどいことを言っている？

どう言ったらわかってもらえるのか、わからない。どうしたら、柊さまを助けられるのだろう。

そのとき、遠くから、いくつもの馬のひづめの音が近づいてくるのが聞こえた。

「兵衛府の助けが来た！」

ほっとしたように、兵衛のひとりが言った。見れば、馬に乗った一団がやってくる。兵衛佐がそちらに馬を寄せ、状況を説明すると、駆けつけた兵衛たちは林へと入っていった。

「さあ、われらは春楊宮へ戻りましょう」

兵衛佐にうながされるが、蛍はうつむき、唇を噛む。手綱に手を伸ばして、ぎゅっとにぎりしめた。

きっと顔をあげると、蛍は手綱を引く。安斗の顔を、林に向けた。安斗は蛍の意図をすぐさま理解したのか、ためらうそぶりもなく林のなかへ駆け入った。

「――朱華姫さま！」

驚いた兵衛たちがあとを追ってくる。蛍はかまわず安斗を走らせた。

――柊さまは、もうずっと、ひとりだったのだ。

かなしくて、胸がつまった。

――それは、どれくらい、寒いことだろう。

骨にしみるような、寒さ。――さびしさ。蛍よりも、ずっと、ずっと。

それによりそいたいと思うことすら、うとんじられることなのだろうか。

「柊さま……」

兵衛の馬がつながれているのを見つけて、蛍は安斗をとめる。兵衛たちが、盗賊を捕縛していた。盗賊はほとんどが倒れふし、うめいていて、捕縛に手間どっているのは数人だ。

蛍は鞍からおりて、手綱を近くの木に結わえた。「待っていてね」と安斗に声をかけて、蛍は柊の姿をさがした。

「柊さまは……？」

そばにいた兵衛にたずねると、彼は奥のほうの木立を指さした。

「あちらのほうで、休んでおられます。ほとんどおひとりで、こやつらを倒してしまわれたので」

蛍は指さされたほうへと向かった。大きな樫《かし》の木をまわりこむと、柊が幹に体をあずけて、目を閉じていた。

「……！」

蛍は、声をのみこんだ。柊は、血まみれだった。衣のあちこちに刀傷があり、鮮血に染まっている。顔も、彼のものか相手のものかわからない血で汚れていた。

足音を耳にしてか、柊が目を開ける。蛍の姿を認めて、驚いたように目をみはった。

近づこうとした蛍に、彼は鋭い声を投げる。

「近づいてはならぬ。今、この身は血と穢れにまみれている。儀式前だというのに、障《さわ》りがあっては――」

蛍はかまわず駆けよって、柊のそばに腰をおろした。

「傷は、ひどいのですか？　まだ、こんなに血が流れて」

柊の衣は、生々しい血で濡れていた。蛍は泣きそうになるのをこらえて、ふところから取りだした手巾《しゅきん》を傷にあてようとした。

「よせ」

柊はどこかとまどったように、それをとめる。

「傷はもう、ほとんど癒えている。――見えるだろう、穢れが」

彼の言うとおり、やぶれた衣のあいだから、傷のうえを這いまわる穢れが見えている。それはあいかわらずおぞましく、ぞっとする光景だった。けれどそれ以上に、蛍は柊が痛ましくてならなかった。ひとり、木陰に傷ついた体を隠している柊が。

蛍は無言で柊の手をとり、腕に残る血を手巾でぬぐった。

「……よせと言っているだろう！」

柊は蛍の手をふりはらった。彼が声を荒らげるところを見るのは、はじめてだった。

「触れるな。何ゆえ戻ってきた、蛍。俺はこのような姿を、二度とそなたにさらしたくはなかった。二度と、そなたに、あのような目で――」

柊はとちゅうで口をつぐみ、顔をそらした。蛍はその手を、ふたたびとる。ふりはらわれる前に、ぎゅっとにぎりしめた。

「この手をとるためです」

蛍はもう片方の手も柊の手に重ねる。

「もう、柊さまの手を、つかみそこねたくなかったんです。だから戻ってきたんです」

柊は、驚いたように蛍を見ている。

「どうしてまた、わたしのそばを離れたのですか。わたしをひとりにしないで。『どうせ生きて帰る』なんて、言い残していかないで」

言葉を重ねるうち、蛍の胸は、熱をおびてくる。憤りとも、かなしみともつかない感情で、喉がつかえそうになる。『どうせ』と言わせてしまうことへの憤りと、言ってしまえる柊に対するかなしみとで。

「だが、蛍、あのときはそうすることが一番よい方法だった」

蛍はもどかしく首をふる。

「自分で自分を見殺しにするようなまねは、なさらないでください。わたしは、いやです」

「どうせ死にはしない」

その言葉に、かっとなった。

「心配しているんです。どうしてわからないの⁉」

柊が、目を丸くして口を閉じる。

「いやなんです。柊さまが傷つくのは、いやなんです。御召人は、朱華姫の下僕だと、そう思えばよいと、帝はおっしゃいましたね。だったら、あなたはわたしの言うことを聞くべきです。わたしの命令に従うべきです。違いますか」

柊は、あぜんとした様子で蛍を見ていた。蛍は柊の瞳を見つめ返す。にぎる手に、力がこもる。

「――わかった」

柊がそう答えたのは、しばらくたってからだった。

「俺は、そなたの命令に従おう。俺のすべては、そなたの意のままに」

柊は、蛍の手に自分の手を重ねた。瞳は、ひたと蛍を見つめている。蛍はどきりとした。柊の瞳は、静かだったが、強い熱を秘めているようだった。

＊

その夜、蛍は珠の間《たまのま》の扉を開き、露台に出た。

藍を刷《は》いた空には、銀砂《ぎんしゃ》を吹き散らしたような星々がきらめいている。まるまると太った月が、楼閣の甍《いらか》をしらじらと輝かせていた。池の水面は、さざなみひとつ立たず、星月夜《ほしづきよ》をあざやかにうつしだす鏡のようだ。

蛍は白い夜着姿で、露台に腰をおろした。ぼんやり月を眺めていると、うしろから声がかかって驚いた。

「——蛍」

柊だ。ふり向くと、やはり夜着姿の柊がたたずんでいた。

「眠れぬのか」

「はい。目がさえてしまって……柊さまも？」

「ああ」

柊はうなずいて、蛍のそばまでやってくると、隣に座った。蛍はその横顔を見あげる。

「もう、傷は大丈夫ですか？」

「ああ、すっかり治っている」

よかった、と息をついて、蛍は膝を抱える。

蛍たちを襲った盗賊は、素性の知れぬ何者かに金を積まれて頼まれたのだと、白状した。

首謀者は誰なのか、きのこや宮門の火事の件と、おなじ者のしわざなのかなどは、わかっていない。

「眠れぬのなら、蛍。一曲、楽を奏してはどうだ。練習にもなろう」

「楽を……？」

「そなたはよく、気晴らしに笛を吹いているだろう」

俺は、あれを聴くのが好きだ、と柊は言った。

蛍は、ほほえんだ。

「じゃあ、吹きます」

それから、つけくわえる。

「わたしは、柊さまの琵琶の音《ね》が好きです」

柊が、すこし目をしばたたいて、苦笑した。

「ならば、俺も弾こう」

部屋からそれぞれ笛と琵琶を持ってきたふたりは、ふたたび並んで腰をおろす。

柊の琵琶は、紫檀に螺鈿《らでん》細工のほどこされた、思わずため息が出るような、それは美しい逸品だ。うすくそがれた夜光貝《やこうがい》でかたどられた花弁が、月明かりに冷ややかな虹色の輝きをはなっている。柊が軽く弦をはじくと、夜の闇のなかに研ぎ澄まされた音色がしみわたった。

蛍も、吹き口に唇をあてて笛をかまえた。調子をたしかめるためのしらべを、二、三回、くり返した。細く、長く、風のような音が流れていく。

竹で作られた笛には、華麗な鳥や花の文様が一面に彫りこまれていた。ぜいたくで、美しい笛だ。蛍がこの笛を母からゆずりうけたのは五歳かそこらのころだったが、おそらく、先帝からたまわった品なのだと思う。なぜなら母は、この笛の存在をまわりにはひた隠しにしていたし、蛍に楽を教えるときも、かならず戸外の野山でだったからだ。

音の調子をたしかめたあと、ふたりは、どちらからともなく曲を奏ではじめた。

その曲は、子守唄にも近い、ゆったりとした、やさしいしらべだった。

笛の音色は甲高く、細く、けれどやわらかく、夜のしじまに溶けていく。

柊のつま弾く琵琶の音は、雨のしずくが玉石《ぎょくせき》を打つのに似て、静かに笛の音に合わさった。甘く、露をふくんだようなその音は、蛍の胸の奥をふるわせる。

ふたりの奏でる音は、池の水面を心地よくはじいていくようだった。水面にかすかなさざなみが立っている。肌には感じないが、ゆるい風でも出てきたのだろうか。ぱしゃん、と魚の跳ねる音がした。前にも聞いたことがある。魚もこの音が好きなのかもしれなかった。

一曲を吹き終えて、蛍はゆっくり笛をおろした。終えてしまうのが惜しかった。

「やっぱり、柊さまと合奏するのは、気持ちがいいです。〈言祝の儀〉の楽も、柊さまとだったら、うまくいく気がするのに」

柊は、すこしほほえんだ。

「当日、俺はいっしょに楽を奏でることはできぬが、そばにいる。安心しろ」

やさしげな瞳でそう言われて、蛍の胸が跳ねる。跳ねた鼓動はおさまらずに、蛍の頬を熱くした。

「……はい」

うなずくと、柊の笑みが深くなって、蛍はますます胸のなかがせわしなくなった。

「もう一度、練習するか？」

「あ、は、はい」

柊は弦を軽くはじく。水滴を落としたような音が、月光に吸いこまれていく。弦を見おろしている柊の顔のふちを、月明かりがほの白く輝かせている。柊は、ふだんよりもいっそう、美しかった。蛍は無意識のうちに、弦の調子をたしかめている柊を、じっと見つめていた。柊が視線に気づいて目をあげる。

「どうした？　つぎは琵琶を弾いてみるか？」

「えっ、あ、ええと……はい」

そういうつもりではなかったのだが、ぼうっと柊に見とれていたと言うのは恥ずかしかった。

柊から琵琶を渡される。繊細な細工のほどこされたそれを落としたらたいへんなので、そうっと抱える。

五弦の琵琶は、ふつうの四弦の琵琶より小さいのだが、それでも蛍が抱えると大きい。弦を押さえて、つま弾いてみる。が、柊のような美しい音色は出ない。苦戦していると、柊が立ちあがった。蛍のうしろにまわって、座りこむ。そのまま蛍を抱きかかえるようにして、琵琶に触れた。

「そなたの手には、大きいのかもしれぬな」

蛍の手に、柊は己の手を重ねる。蛍ははっとした。

柊は、もう、蛍に触れることにためらいを見せなかった。その手はやはりやさしかったが、おそるおそる、ほんとうに触れていいのかどうか、たしかめるような不安の色はない。

届いたのだ、と思った。蛍の言葉が。

触れられるのがいやではないと言った蛍を、柊は、ようやく信じてくれたのだ。

蛍の胸が、熱くなった。

——柊さま……。

背中に、柊の鼓動を感じる。柊のぬくもりに、包みこまれている。安心する一方で、しだいに蛍は、抱きかかえられているという現状に、胸がどきどきしてきた。

柊の指が、蛍の指にからむ。胸にしびれが走った。柊の指は、白くしなやかだが、骨ばっていて、力強くもある。その指が、蛍の指ごと、弦を押さえている。

「俺の手より、ずっと小さい。この指では、弦を押さえるのがむずかしかろう」

柊の声が耳もとで響く。柊の声は、静かで低い。声に熱があるはずないのに、蛍の耳は、声がするたび、じんじんと熱くなった。

「ひ……柊さまは、むかしから、手が大きかったのですか？」

激しくなっていく鼓動と熱から気をそらそうと、蛍はそんなことを訊いた。

「さあ……どうであったか。子どものころは、それは、小さかったであろうが」

「わたしの手も、これから大きくなるでしょうか」

柊はすこし考えるように黙っていたあと、

「そなたはそのままでも、よいのではないか」

と言った。

「え……どうして」

「小さくて、かわいらしいから」

蛍は全身から火をふくかと思った。

――か、かわいらしい……。

べつに、蛍がかわいいと言われたわけではない。手だ。だが、柊からそんな言葉を聞くとは思わなかった。

柊は真っ赤になっている蛍にも気づかず、生真面目に琵琶の弦を調節している。

「子どものころは、こうではなかった」

弦をいじりながら、柊はぽつりと言った。

こう、とは何のことか、と蛍は首をかしげ――すぐに思い至る。体のことだ。

「幼いころは、大なり小なり、しょっちゅう怪我をしていた。男児とは、かたときもじっとしておらぬものだから」

「……落ち着きのない柊さまというのは、なんだか想像できません」

小さなころの柊を、思い浮かべてみる。とてもお利口そうな気がする。

柊は、ふっと笑った。

「母も乳母《めのと》も、そうとう手を焼いたそうだ。あるときなど、桃をとろうと木に登って落ちた」

「わたしみたいですね」

幼児とおなじことをしているというのも、情けないが。

「そうだな。そなたは大怪我をしなくてよかった。俺は枝で脇腹を切ってな。その傷あとは今でも残っている。むかしの傷までは消えぬらしい」

柊は蛍から体を離して、夜着の衿《えり》を開いた。あらわになった脇腹あたりに、たしかにうっすらとひきつれた傷あとがあった。

蛍は、まじまじとその傷を眺める。そこだけ皮膚が盛りあがっていて、痛々しい。蛍は琵琶を脇に置くと、手を伸ばして、いたわるようにその傷あとをそうっとなでた。柊がびくりと体をふるわせたので、蛍は手をひく。

「ごめんなさい」

なぜだか、触れたくなったのだ。それで傷が消えるわけでもないのに。

「いや……、すこし驚いただけだ。触られるとは思っていなかったから」

「そ、そうですよね」

「……もう一度、触れてくれぬか」

「えっ？」

蛍は耳をうたがう。しかし、柊は真面目な瞳をしていた。冗談でもなんでもないらしい。

おそるおそる、蛍はもう一度、柊の傷あとに触れてみる。

「……………」

「……そなたの指は、あたたかい。人の体とはこうもあたたかなものだと、そなたのぬくもりは、俺に教えてくれる」

静かに、しみじみと噛みしめるような声音で、柊は言った。蛍は胸をつかれる。

——そうか。

蛍は、この傷に触れたくなった理由が、わかった。

柊の体に、ただひとつ目に見える形である、傷だからだ。

「柊さまの体も、あたたかいです」

蛍は傷あとをなでながら、言葉をつむぐ。

「怪我をしたときは、こうやってなでていると、わたし、痛みがやわらぐ気がして、いつもなでていました。柊さまの体には、見えないけれど、傷がたくさんあるのでしょう。どこをなでたら、その痛みは、やわらぎますか……？」

柊は、一瞬、どこかがひどく痛んだような顔をした。その痛みをもたらす傷は、どこにあるのだろう。瞳を見つめる蛍を、柊はひきよせて抱きしめた。

「あっ……」

とつぜんのことに、蛍は驚く。蛍の体を、柊は強くかき抱いた。

押しあてられた胸から、柊の鼓動が聞こえる。蛍とおなじように、それは激しく脈打っていた。まわりから、ふたりの鼓動以外の音が、消えてしまったような気がした。

「……すまぬ」

しばらくして、柊は蛍をはなした。いえ、と蛍は首をふった。顔が熱くて、湯気でも出ているのではないかと思う。何もしていないのに、息があがっていた。

柊は衣を直すと琵琶を手にとり、ひとつ、ふたつ、弦をはじく。彼も、顔が赤かった。

無言で弦をはじいていた柊は、そのままゆっくりと楽を奏ではじめる。ふりそそぐ月の光をおりこんでいるような、清らかでやさしい音色だった。ききほれる蛍に、柊はちらりと視線をよこす。その意味を理解した蛍は、笛を手にした。

琵琶の音に合わせて、蛍は笛を吹き鳴らす。ふたつの音色は、やわらかく吹き渡る風と、澄んだ水のしずくのようだった。

池のほうで、水の跳ねる音がする。また、この音色に誘われて、魚が跳ねたのだろうか。

水音は、池の上を飛び跳ねるように続く。——まるで誰かが、水の上で踊っているかのように。

さすがにふしぎになって、蛍は笛を吹くのをやめる。すると水音も消えた。

「……？」

池の上に、丸い水紋がいくつもできている。

——やっぱり、魚だったのかな。

「神が喜んでおられる」

柊が池のほうを眺めてそう言った。

「——え？」

「楽の音に誘われて、神が池でたわむれておいでなのだ。朱華姫が楽を奏していると、こういうことがあるのだと、棗《なつめ》に——先代の朱華姫に聞いたことがある。池の水が騒がしくなるときは、そうなのだと」

蛍は、なんとも返事をしかねた。だって、神はいない。だから、今のも神がたわむれる音ではない、魚だろう。

でも——と、蛍は池を眺める。

池はすでに静まり返り、さざ波ひとつ、立っていなかった。

——ほんとうに、そうだったらいいのに。

神さまが、来てくれたのだとしたら——。

第五章

寿《ことほ》ぎの巫女

〈言祝《ことほぎ》の儀〉が行われる、その日。

蛍《ほたる》に用意された衣は、見事なまでに赤一色だった。

上衣《うわぎ》は朱《しゅ》。金糸《きんし》で華やかな含綬鳥《がんじゅちょう》の文様が全面に刺繡されている。その下の衣は紅《くれない》。花葉《かよう》の地紋が美しい。裳《も》は緋《ひ》。深紅《しんく》の蔦《つた》の染め模様があでやかだ。領布《ひれ》は赤丹色《あかにいろ》の紗《しゃ》で、紅《あか》い玻璃《はり》の玉《ぎょく》が縫いとめられていた。動くたび、その玉がきらきらと輝く。

「なんてお美しい」

赤い衣をまとった蛍に、巴《ともえ》が感嘆の声をあげた。

蛍は衣装に着られているようで、落ち着かない。巴は蛍を鏡の前に座らせて、髪を結いあげていく。珊瑚《さんご》のかんざし。伏彩色《ふせざいしき》で赤く色づけした琥珀《こはく》のかんざし。そして朱の紐を垂らした金の冠をつける。顔の横ではらはらと揺れる朱の紐は、可憐《かれん》な美しさがあった。

髪を結い終わると、最後は化粧だ。目尻に朱を刷《は》き、唇にはつややかな紅をさす。

「わたし、真っ赤な紅葉《もみじ》になった気分」

全身を赤でいろどられて、蛍は軽く息をついた。小さな鏡では、顔しか見えない。自分がいったいどんな風に見えているのか、不安だ。遠くからでもひどく目立つことはたしかだろうが。

「ふたつとない美しい紅葉ですよ。――柊《ひいらぎ》さまをお呼びしてきますね」

すぐに柊がやってくる。部屋に足を踏み入れた柊は、蛍を見て立ちつくした。目を丸くしている。

「やっぱり、どこかおかしいでしょうか」

蛍は自分の衣を眺めた。いや、と柊は蛍の前に膝をつく。

「きれいだ。……とても」

すこし照れたようにそう言った。すぐに目を伏せる。

「すまぬ。もっとうまく表せる言葉が出てくるとよいのだが。俺は知らぬ。……ただ、そなたは美しい」

蛍の頰が、たちまち赤くなった。衣とおなじように。これでは本当に紅葉だ、と蛍は熱くなった頰を押さえる。

「あ、ありが――」

「なんだ、部屋のなかに紅葉が生えていると思ったら、蛍か」

とうとつに、笑みをふくんだ声が割って入った。

「顔まで赤いではないか、蛍」

萩《しゅう》だ。

髪を結いあげ、冠をつけた萩が部屋に入ってくる。常盤色《ときわいろ》の長衣に錦の飾り帯や玉《ぎょく》珮《はい》をつけた豪奢《ごうしゃ》な衣装だ。柊も同様に、濃藍《こきあい》の長衣の盛装姿である。絢爛《けんらん》ではあるが沈んだ色合いの衣なのは、朱華姫《あけひめ》を目立たせるためなのだという。神が違《たが》わず朱華姫を見つけるため。

「そなたは素材はよいがあでやかさが足りぬゆえ、赤はちょうどよい。艶をおぎなってくれる」

象牙の笏《しゃく》で蛍の顎を持ちあげて、萩は言う。じっくりと品定めするように顔を眺められて、蛍は居心地が悪くなる。と、萩の笏を柊が静かに押しさげた。

「蛍が困っております、兄上」

「……ほう」

萩がおもしろそうに柊を見やった。

「この俺のすることに口だしするのか、柊」

「俺は蛍を守っているだけです」

「まるで俺が蛍を害しているようではないか。皇太子《ひつぎのみこ》を害虫あつかいか？　えらくなったものだな、柊」

萩は楽しげに笑って、柊の胸を笏でたたいた。柊は黙って視線をそらす。たぶん、口ごたえすればするだけ、嬉々としていびられるからだ。

ほうっておくと萩はまだねちねちと柊をいじめそうだったので、蛍はふたりのあいだに割って入る。

「あの、萩さま。このあいだは甘茶をくださって、ありがとうございました」

蛍が桃花司《つきのつかさ》から逃げ帰って泣いていたとき、巴が萩からだと言って甘茶を持ってきたのだ。

萩はにやにやと笑う。

「甘茶は稀少《きしょう》なのだぞ。これでそなたに貸しひとつだ。今度言うことを聞いてもらうからな」

蛍はちょっと頭を押さえた。案外やさしい気づかいをしてくれる人だと思っていたのだが、やはり、この人はこういう人だ。

「……それで、萩さまは、今日はなんのご用でここへ？」

「なんのご用も何も、俺はそなたを熙秋殿《きしゅうでん》まで送るつきそい役だ」

熙秋殿は、今日の儀式が行われるところだ。

「先導役の稲日《いなび》ももうすぐ来るであろう」

「稲日?」

その名前は、最近聞いたことがあった気がする、それも萩から――。

「稲日は、神祇伯《じんぎはく》だ」

「え……」

実直そうな神祇伯の顔が浮かぶ。彼は、稲日というのか。それは今はじめて知った。では、どこでその名前を聞いたのだったか。

「古参氏族の稲日一族の端くれだな。本家の当主は参議だ」

――ああ、そうか。この前、萩さまが教えてくれた古参氏族の名前だ。

「俺が早めにここに来たのはな、訊いておきたかったからだ。――父上は何をたくらんでいる?」

萩は笑みをたたえたまま、言った。

「たくらむ?」

「あの父上が、そなたを襲わせた者が誰だか今もわかっておらぬとは思えぬ。証拠がないから、泳がせているのであろう。そしておそらく今日、あぶりだすつもりでは?」

「そんなこと……聞いていません」

首謀者が誰なのかわかったなら、教えてくれそうなものだろう。危険ではないか。けれど、と思う。

帝は前に蛍をえさに、敵をあぶりだそうとしていた。それとおなじだろう。

——それでは今日、何かおこる……？

「そなたたちもわかっておらぬのだな。まあ、父上にぬかりはなかろうが……。蛍、逃げるなら今のうちだぞ」

「え？」

蛍は驚いて萩を見る。

「何があるかわからぬ。怖くはないのか？　それに、正式に朱華姫になってしまえば、そなたはもう逃げられぬぞ。そなたはここで暮らしていけるほど、したたかとは思えぬ」

萩は、すこし苦い笑みを浮かべていた。

「俺はな、そなたのことをけっこう気に入っている。ゆえに言うのだ。そなたは、春《しゅん》楊宮《ようきゅう》から離れたほうがよい。ここにいても、ろくなことはないぞ」

その言葉に、母の言葉が重なる。春楊宮に足を踏み入れてはいけない——。

けれど、蛍はもう、足を踏み入れてしまった。

母を人質にとられたとはいえ、蛍はもう、選んでいる。

朱華姫になることを——ほんものよりふさわしい、にせものの朱華姫になることを。

「わたしは、逃げません。朱華姫になります」

きっぱりと、蛍は言った。

萩は、一瞬笑みを消す。笑みを浮かべていないと、この青年は柊よりもずっと鋭い雰囲気をまとっているのだとわかる。萩はすぐにまた、笑った。

「ろくなことがないというのに。もの好きな娘だ」

蛍さま、と巴の声がする。

「神祇伯さまがお見えに」

「いよいよか」

萩が立ちあがる。ついで腰をあげかけた蛍に、柊が手をさし伸べる。その手をとって立ちあがると、柊は裳のすそを直してくれた。

「安心していろ」

柊が静かに言う。

「そなたのことは、俺が守る」

ぐっと力強く、柊は蛍の手をにぎった。蛍の鼓動が大きく跳ねる。また頬が熱くなっていくのを感じながら、蛍はその手をにぎり返した。

階《きざはし》をおりたところで、神祇伯とふたりの神祇官が待っていた。神祇伯の前に立った蛍は、おや、と思う。この人は――こんな瞳をしていただろうか?

実直そうな面《おも》ざしは変わらない。けれど神祇伯は、疲れているのか、どろりと濁った、暗い瞳をしていた。蛍は、たじろぐ。

「それでは、参りましょう」

彼は言って、さきに立って歩きだした。そのあとを神祇官ふたりが、そしてそのうしろを萩、蛍、柊の三人がついていく。

熙秋殿は、帝の即位式やさまざまな儀式の行われるところで、したがって春楊宮のなかでもっとも立派で大きな殿舎だ。その前には広々とした前庭があり、舞楽《ぶがく》などを奏するときはここに舞台をしつらえる。

門からなかに足を踏み入れた蛍は、目の前に広がる光景に驚いて、足をとめそうになった。

広場には極彩色の錦の旗がかかげられ、風にひるがえっている。あちこちに活《い》けられた蓮《はちす》の花弁が、雪のように舞い散っていた。中央にある舞台は、丹塗《にぬ》りの勾欄《こうらん》も美しい豪華なものだ。

そして舞台の前では、ずらりと並ぶ百官が、殿舎に向かってひざまずいていた。

殿舎の勾欄には、帝や后の姿があった。その前では衛士《えじ》たちが錦の旗竿《はたざお》をかかげている。神祇伯たちは帝の前で膝をついた。蛍もそれにならう。

顔をあげることを許されると、神祇伯が帝に儀式の決まりきったあいさつを奏上するうしろで、蛍は帝の姿をうかがった。帝はいつもと変わりなく鷹揚《おうよう》で威厳に満ちた顔をしている。いもしない神のための儀式を行うことのうしろめたさも、蛍を狙う相手を捕まえようとする緊迫感も見られない。

蛍は視線を帝の隣にずらす。そこに座っているのは、后だ。三十代くらいだろうが、どこか遠くに思いをはせているような瞳をした、少女めいた雰囲気の可憐な人だった。まばゆいほど見事な黄金色《こがねいろ》の髪を結いあげ、芙蓉《ふよう》の花をさしている。ほほえみをたたえた顔は、萩によく似ていた。

帝の反対側の隣の席は、あいている。神祇伯の奏上が終わると、萩が蛍たちのそばから離れて階をあがり、そのあいた席へと座った。神祇伯は帝の前からさがって、居並ぶ官吏たちの列に加わる。蛍は柊に手をひかれて舞台へ向かった。そこにはすでに桃花《つきの》司《つかさ》の少女たちが種々の楽器を手に坐している。絲《いと》は阮咸《げんかん》――円形の琵琶だ――を抱えていた。

蛍は階をのぼって舞台に立ち、殿舎のほうをふり向く。そのとき一陣の強い風が吹いて、蓮の花弁を散らした。ふわりと舞う白い花弁の向こうに、ひらめく錦の旗、丹塗りの殿舎が見える。美しい光景だった。

蛍は紅い毛氈《もうせん》の上に腰をおろすと、帯にさしていた笛をとった。正面に、帝の顔が見える。うまくやれよ、と言っているようだった。

緊張で手がふるえる。息がうまく吸えない。こんな状態で、笛を鳴らすことができるだろうか。ふと下を見ると、舞台の階のかたわらに柊が膝をついてこちらを見あげているのが目に入った。涼やかな瞳が、蛍を見守っている。その瞳を見ていると、心が落ち着くのを感じた。蛍は深く息を吸って、吐くと、笛をかまえた。

澄んだ音色が響き渡る。その音を追って、うしろの緑たちも楽《がく》を奏ではじめる。楽は美しかった。舞いあがる花弁のなか、響く楽の音は幽玄で、本当に神がやってくるのではないかと思えた。

だが――。

しばらくたったころ、蛍はそのにおいに気づいた。

――このにおい。

かぎおぼえのある、若木をいぶしたような、いやなにおい。

蛍がそのにおいをかぎとると同時に、官吏たちのあいだから悲鳴があがった。整然と並んでいた彼らの列がくずれる。そのうしろあたりから、じわりと黒いもやのようなものがただよいだしていた。それはすこしずつ濃さを増しながら、ゆるやかに周囲に広がっていく。

――穢《けが》れだ……！

蛍はいつのまにか、笛から口を離していた。柊がこちらに来ようと階の勾欄に手をかけたそのとき、官吏たちの列からたたきつけるような声が発せられた。

「皆々さまに申しあげる！」

ひとりの官吏が前に歩みでてくる――神祇伯だ。

彼は蛍に指をつきつけた。

「あの娘は、朱華姫となるべき娘ではありません。穢れをひきよせる、悪《あ》しき娘です。この穢れがその証拠。宮門の火事も、それゆえの凶兆なのです」

官吏たちにざわめきが広がる。火事のときとおなじ、不審そうな視線が蛍に向けられる。

――どうして、神祇伯が。

なぜ、そんなことを言いだすのか、理解できなかった。彼は、今や憎むべき者を見るような目で蛍を見ている。彼が、蛍を排除しようと謀《はか》っていた人なのだろうか。

官吏たちは、動揺してどうすべきかわからないでいるようだったが、近くに穢れがただよってくると、我に返ったように悲鳴をあげて逃げだした。

「――待て」

朗々とした声が響いて、逃げ惑っていた官吏たちは、はっと動きをとめた。自然ととめざるをえない、威圧感のある声だった。――帝だ。

帝は椅子から微動だにしないまま、神祇伯をまっすぐ見すえている。

「蛍が朱華姫となるべき娘かどうか、決めるのはそなたではない——神だ」

神祇伯は、帝のまなざしに気圧《けお》されたようにごくりと喉を鳴らした。

「……ですが！　もはやそれも明白なのでは。このように穢れを招きよせる娘など、とうてい神は喜ばれますまい」

煙が立ちこめるように広がる穢れを手でしめして、神祇伯は言いつのる。

「穢れが満ちた場に神をお呼びするわけにも参りませぬ。皆が穢れにとり憑《つ》かれぬうちに、儀式を中止すべきかと——」

「もう一度言うが、蛍を朱華姫とするかどうかは、神の決めること。穢れならば祓《はら》えばよい。——蛍。楽を続けよ」

え、と蛍は目をみはる。——この状態で？

神はいない。だから、決めるも何もないのに。だが、帝は重ねて言う。

「楽を続けよ、蛍。そなたの笛の音は、穢れを祓う」

——そんなわけがない！

しかし、帝の目は「やれ」と命じている。鋭くにらみつけられて、蛍はふたたび笛をかまえる。困惑しつつも、楽を奏でた。

奏でたところで、何も変化はない——と思っていると、どうだろう。しばらくして、黒い煙はうすまりはじめたのだ。人々がどよめく。みるみるうちに穢れは淡くなり、しまいにはきれいに消えていった。あのいやなにおいもなくなっている。

——いったい、どうして？

もちろん、蛍の笛の音のおかげなんてことはない。蛍にそんな力はない。帝が、何かしたのだ。なおも笛を吹きながらあたりをそっと眺めていると、回廊の門のひとつから、青藍《せいらん》がひっそりと入ってくるのが見えた。彼は蛍の視線に気づくと、にっこり笑ってうなずいた。

——青藍さんが、穢れを祓ったの？

帝がにやりと笑った。

「どうだ、神祇伯。これでも儀式をとりやめろと？」

神祇伯は言葉につまる。こぶしをにぎりしめて、うつむいた。

広場の動揺が、おさまっていく。静けさが戻りつつあるなかを、高らかに澄んだ蛍の笛の音が響きわたった。

ぴしゃ、と、どこからか水音が聞こえた気がした。泳《くくり》の宮で柊と楽を奏でたとき、聞こえたような。

かすかなその音は、ふたたび発せられた神祇伯の声に、かき消された。

「帝、まことにそれでよいとお思いか？　ならば私は、ほんとうのことを申しあげる。

——あの朱華姫は、にせものだ。帝が夢で神託を得られたなどと、いつわりだ」

蛍はぎょっとする。神祇伯の声は、冷静で、落ち着きをとり戻していた。確証のある口ぶりだった。

帝は顔色を変えることなく、神祇伯の言葉を黙って聞いている。

「私はそれを、たしかな御方から耳にした。帝、あなたは間違っておられる。すべての者をたばかることなど、許されることではありません。私はこの国のために、今ここでそれを――」

「神祇伯」

冷ややかな声で、帝が神祇伯の言葉をさえぎった。

「くだらぬな。そのような妄言を真に受けて、朱華姫を害そうとしたのか？」

神祇伯がたじろぐ。

「が――害するなど、私は何も」

「内膳司《ないぜんし》で毒きのこをまぜた厨女《くりやめ》は、すでにこちらで捕まえてある。そなたに指示されてやったと白状しているぞ」

神祇伯は顔をこわばらせた。帝は続ける。

「宮門に呪符をはって火事をおこしたもぐりの巫術師《ふじゅつし》も同様だ。盗賊どもに朱華姫を襲うよう頼んだ者も、誰かはいずれ判明しよう。何ごとも足のつかぬよう行うのはむずかしい。悪事となればなおさらな」

神祇伯は愕然とした顔で棒立ちになっていた。周囲がざわめく。

やっぱり、あの人が――？　蛍は驚いて笛の音をとめた。と、うしろから絲の声がかかる。

「朱華姫、笛を続けよ」

蛍ははっとしてふたたび笛を吹きだした。

帝が手にしていた笏をふる。ひかえていた兵衛《ひょうえ》たちがすばやく神祇伯をとりかこんだ。

「なっ……、お、お待ちください、帝！」

「もうじゅうぶん待ってやった。くだらぬたわ言も聞いてやった。なおも待てとは、ぜいたくな男だ。この国のためなどと言ったが、おおかた、自身の地位をあやぶんだのであろう。蛍の家、丹生《にう》家はかつて代々神祇伯をつとめた家。蛍が朱華姫となれば、丹生の当主が神祇伯にとりたてられるとでも思ったか？　それとも、『たしかな御方』とやらにそう吹きこまれたか」

神祇伯は顔をゆがめる。

「事実、帝はわれら古参の氏族をきらっておられるではありませんか。いずれわれらをしめだすおつもりでしょう。私は、これまで身を尽くして神祇伯をつとめて参りました。それを、稲日の一族《やから》だからと切り捨てるのですか。丹生の当主は、かつて賂《まいない》で官位を得ようとしたような輩です。そのような者に、なぜ、真面目につとめてきた私が追い落とされねばならぬのですか」

　帝は眉をひそめた。

「そなたを罷免《ひめん》するつもりなど毛頭なかったぞ。虚言にそそのかされおって。今しがた使った妙な香も、その者に与えられたか」

「私は……そそのかされてなど。いつわりを申しておられるのは、帝ではありませんか。私はほんとうに、この国を思ってやったのです。このままいつわりを通すわけには——」

「その上っ面だけの言葉、虫唾《むしず》が走る」

　帝は凍りつくような声音で言った。

「ならば、そなたは厨女も巫術師も口封じに始末すべきであった。盗賊に、そなた、『朱華姫を殺せ』ではなく『傷つけよ』と命じたそうだな。怪我をさせれば儀式はできぬ。それで足ると。愚かな。非情になれぬ者は何事もなしえぬ。よいことも、悪いことも」

「わ……私は……」

　神祇伯は言葉をさがしてあえいだが、力尽きたようにへなへなとその場にうずくまった。彼をとりかこんでいた兵衛たちが、その腕をとろうとした——そのとき。

「ぐっ？」

神祇伯がとつぜん胸を押さえて、倒れこんだ。

赤黒い顔で胸をかきむしり、びくびくと体を痙攣《けいれん》させる。つぎの瞬間、口から何か黒いものを吐きだした。ねばつく黒いものは、じわりと神祇伯の体の下に広がっていく。

帝の前に控えていた青藍が、はっと顔色を変えた。

「いけない、彼から離れてください！」

神祇伯のまわりにいた兵衛たちに、青藍は叫ぶ。それと同時に、黒い何かは生き物のようにうごめき、神祇伯の体にからみついた。

「ひい……っ」

神祇伯が悲鳴をあげる。黒いものは繭《まゆ》のようにぐるぐると彼の体に巻きついていく。

「た、たすけ……」

顔まで巻きつかれて、声は途中で消えた。

黒い繭のなかで、骨の折れる鈍い音や、何かがつぶれる生々しい音がした。繭にじっとりと赤いものがにじみだして、地面にしたたり落ちる。誰もが息さえつけずにそれを眺めていた。蛍も、絲たちも、さすがに楽をやめている。

「穢れに、喰われた……」

青藍が、低くつぶやいた。

繭のようなそれは、一度、ぴたりと動きをとめた。が、またすぐにうごめきはじめる。

黒い繭はしだいにもやのように溶けて広がり、形を変えていった。ひとつの大きな、生き物に。

鋭い鉤爪《かぎづめ》をもつ太い脚は、鷲《わし》のよう。けれど体にはうろこを生やして、とかげのような長い尾を持っている。背には虫のような薄い翅《はね》があり、きしきしといやな音を立てていた。ぎょろりと飛びでた目も虫のようで、大きく裂けた口にはとがった歯が何列も並んでいる。

官吏の何人かが、耐えきれず嘔吐した。それくらい、醜悪な化け物だった。

化け物は、帝に襲いかかる——かと思いきや、くるりと向きを変えて飛びあがる。奇怪な目は、蛍を映しだしていた。舞台へ向かってくる化け物に、恐慌をきたした少女たちの悲鳴があがる。蛍は、腰が抜けて動けない。化け物がどんどん迫ってくる。と、そのとき階を駆けあがってきた柊が、蛍の前に立った。

それと同時に、化け物が彼に飛びかかっていた。血しぶきがあがる。化け物の歯が、柊の肩に食いこんでいた。蛍の喉に悲鳴がからまる。

「蛍……、ここにいてはいい的《まと》だ。青藍のもとへ行け」

柊は化け物の脚をつかんで、苦しげな息の下から、くぐもった声を出す。

「蛍、早く」

化け物の歯が、さらに深く柊の肩に食いこむ。柊がこらえきれないうめき声をあげた。

蛍の体が、たたかれたように動いた。

柊の腰にある、大刀《たち》をひき抜く。ぎりっと柄をにぎりしめると、無我夢中で、それを化け物の目に突き立てた。

化け物のすさまじい咆哮《ほうこう》があがる。黒いものが飛び散った。化け物は舞台の下に落ちていく。

「蛍――」

信じられないものを見る目で柊が蛍を見ている。蛍は大刀をにぎりながら、ぶるぶるふるえていた。化け物の目を刺したときの、ぶちゅぶちゅとした感触が手に残っている。声がふるえそうになるのを必死にこらえて、蛍は言った。

「柊さま、言いましたね。わたしの命令に従うと。柊さまのすべてはわたしの意のままだと。だから、命令するのはわたしです。行けと言われたって、行きません」

柊は血の流れでる肩を押さえて荒い息をつきながら、声もなく蛍を見つめた。

化け物の、いきりたったような咆哮がとどろく。柊はすばやく蛍から大刀をとってかまえた。

そのときだった。

地鳴りのような音が響いたかと思うと、煕秋殿のずっと向こうのほうで、大きな水柱があがった。

春楊宮の北側——泳《くくり》の宮の、池だ。

ここからでも見えるほどの、巨大な水柱。まるで池のなかから、いきおいよく何かが飛びでてきたような——。

ぱらぱらと、水滴が頰にあたった気がした。まさか、こんな遠くにまで水柱の水滴が飛んできたとでもいうのだろうか。

風が吹いた。涼やかな風だ。あたりの空気が、冷えていく。いや、違う。澄んでいく。空気は清々《すがすが》しく澄んでいくのに、何かが重くのしかかってくるような、この感じはなんだろう。吼《ほ》えていた化け物が、警戒するように片目を動かし周囲をうかがっている。

「あっ……」

ちりっ、と、ふいに首筋に痛みが走った。熱を押しつけられたような痛みだった。思わず目を閉じて首筋を押さえる。そして、目を開けると。

「ひっ」

目の前に、大蛇《だいじゃ》がいた。

藍色の斑点《はんてん》を持つ、銀色に輝くうろこ。海蛇《みづち》だ。大きな柱ほどの太さがある海蛇の体が、うねうねと宙をただよっている。そして、もっと驚くのは、その体の先に人の、青年の上半身がついていることだ。

銀に朱を混ぜたような不思議な色合いのつややかな髪を、顔の左右で輪に結っている。

銀色の瞳はまばたきをしない。体つきはたくましく、白い肌はなめらかだ。しばし息をするのも忘れるほど、美しい姿だった。頭には金の冠が、首には幾重にも玉《ぎょく》の首飾りがかけられている。腕には、黄金の腕輪。腰から下は、蛇のうろこだ。

蛇の体を持つ青年――あるいは、青年の上半身を持つ蛇――は、蛍を正面からじっと見つめている。蛍は、動けない。目も動かせない。すぐそばにいるはずの柊の気配が、しない。誰の声もしない。まるでこの場に、目の前の青年と蛍以外、誰もいなくなってしまったかのようだった。

「朱華姫」

青年が、口を開いた。

玉が触れ合うような、美しい声だ。

「私の朱華姫。そなたの笛の音、聞こえたぞ」

青年は指で蛍の頬に触れた。それから両手で頬を包みこむ。

「まこと、懐かしき音色であった。私の体はまだ癒えぬというのに、つい惹《ひ》かれてやってきてしまった」

蛍はのぞきこんでくる青年の瞳を見返し、ぱちぱちと目をしばたたく。青年の瞳は銀色に輝いていて、まぶしいのだ。

「あなたの……朱華姫？」

「そうであろう？　その赤い衣に笛の音。いとしい私の朱華姫よ、体が癒えてさえおれば、楽《ささら》の宮にそなたをつれていくものを」

「えっ……」

楽の宮――神さまのすむ国だ。じゃあ、この人――いや、人じゃない、この方は、まさか。

「神さま。千依神《ちよりのかみ》さま？」

彼は目を細めた。

「いかにも。しかしそれは、わが一族の名だ。そなたに教えてやろう。私の名は、悠宜《ゆぎ》という」

悠宜、という文字が、なぜだか頭のなかに浮かんだ。どうしてか、伝わってくる。

「悠宜……さま」

彼はうれしそうに笑った。びっくりするほど美しい笑い声だった。

「朱華姫。そなた、血のにおいがするな。ここは、穢れのにおいがする。香久夜《かくや》の吐く穢れが凝《こご》った、あやかしが一匹、おるであろう」

「香久夜？」

「ここにすみついておる穢れ神だ。私はあれに追いだされた。この身は霧散し、ようようここまで形が戻った。あやつも痛手を負ったはずだがの」

「穢れ神……追いだされた……？」

——どういうこと？

悠宜は蛍の体にするりと蛇の体を巻きつけてくる。長い指で蛍の髪をすきながら、顔を近づけてきた。

「私は今すこし体を休めねばならぬ。だが、そなたの笛の音は好きだ。楽の宮にもよう聞こえてくる。懐かしい音だ。その笛は、私がかつて朱華姫にくれてやったもの」

「え……」

「あの池と楽の宮は、つながっておる。そなたが呼ぶなら、傷が癒えずとも来てやろう。あれしきの穢れのあやかしならば、消し去ってくれようぞ」

悠宜は蛍の首筋に顔をうずめると、先ほど痛みをおぼえたあたりを舌でちろりとなめた。蛍はびくりとふるえる。

「そなたの肌は甘い」

美しい笑い声を響かせて、悠宜は蛍にからませた身をほどく。

「さあ、朱華姫、神を呼べ！」

「神を、呼ぶ？」

悠宜は蛇の体をうねらせると、銀のうろこを輝かせて、空へと駆けあがる。

「えっ、悠宜さま！」

蛍はあせって手を伸ばす。その手を、横合いからつかまれた。

「蛍、さがっていろ」

柊だった。

「あ――」

蛍はまわりを見まわす。誰もいないかのようだった様子から、もとに戻っている。しかし、清浄な空気は変わりない。悠宜は上空にいるし、化け物は舞台の下でそれを警戒するように身を低くしている。

「柊さま。千依神さまが！」

蛍は柊の袖にしがみついた。

「なんだ？」

「千依神さまが、いらしているのです。ここに」

柊は、目をみはった。

「蛍、そなた――神の祝《しゅく》を受けたのか」

「え？」

「神の姿が見えているのだろう？　そなた、朱華姫と認められたのだ、神に」

神に認められた――たしかに悠宜は、蛍のことを朱華姫と呼んでいたが。

しかし、とくに祝いの言葉を授けられたおぼえはない。いろいろしゃべってはいたが、あのどれかがそうした言葉なのだろうか——？

「あのような化け物が現れては、もうむりかと思っていたが」

「神さまは、あれしきの穢れのあやかしなら、消し去ると。神を呼べとおっしゃって——どういうことですか？」

「神を——」

はっとしたように柊は息をのんだ。

「そうか。千依神は、神霊依《ちよ》りの神——神招《かんお》ぎの神だ」

「かん……おぎ？」

「神を招くという意味だ」

柊は何かをさがすように舞台を見まわして、

「依《よ》り代《しろ》になりそうなものは、これぐらいか」

とつぶやいて手にした大刀をかかげた。

すると、何を察知したものか、化け物がふたたび暴れだした。奇怪な叫び声をあげ、こちらに向かって飛びたとうとする。柊は舌打ちして蛍を背にかばうと、大刀を持つ手を頭上高くに伸ばした。

「楽《ささら》の宮に神留《かむづま》ります、白日分神《しろひわけのかみ》に畏《かしこ》み申しあげる——！」

柊の、涼やかな声が響き渡った。

「千依神の命《めい》の随《まにま》に、八尋《やひろ》の波を千別《ちわ》きに別《わ》きて、この刀に依り来たりたまえ」

柊がひとこと発するごとに、あたりの空気が冷たいくらいに澄んで、重たくなっていくのを蛍は感じていた。言葉が終わると同時に、りん、と軽やかな鈴のような音が、聞こえた。

りん、とまた。

蛍は顔をあげる。音の出所は、刀だ。鈴などついていないのに、刀から、音がしている。

刀は白く輝いていた。露をおいたように点々と、白い輝きが集まっている。りん、と音がするたび、刀身に露が増えていく。

翅をきしきしときしませながら、化け物が迫ってくる。柊はすこしも動じることなく、大刀をかまえ直した。

化け物は、鋭い歯の並んだ大きな口を開ける。その口で、柊にまた噛みつこうとする。

柊は、ふっと息をついた。そして、しなやかに身をひるがえして化け物の歯を避《よ》けると、その胴を輝く大刀で一閃《いっせん》、薙《な》ぎ払った。

耳をつんざくような恐ろしい悲鳴がとどろく。化け物の最期の声だった。刀で斬られたところから、ぼろぼろと、体がくずれていく。ゆるやかな風が吹くと、灰が吹き飛ばされるようにして、あとかたもなくその姿は消えていった。

その場に立ちこめていた清澄《せいちょう》な空気も、うすらいでいく。柊の大刀から、すうっと静かに輝きが失われる。仰ぎ見れば、空に浮かびあがっていた悠宜の姿もなくなっていた。

「ああ……」

誰のものともつかない感嘆が、あたりに広がった。人々は舞台をほうけたように見あげている。

柊が、がくりと膝をついた。蛍はその体をあわてて支える。

「日の神を、呼ばれましたか」

うしろから、絲の声が響いた。蛍はふり向く。舞台の後方では、桃花司《つきのつかさ》の少女たちが放心したようにへたりこんでいた。絲だけが、背筋を伸ばして坐している。

「穢れは、夜のもの。打ち払うには、日の神が一番よいだろう」

柊が答えた。絲はうなずいて、ちらりと蛍を見やる。

「千依神に呼べぬ神はない。日の神、月の神、豊穣《ほうじょう》の神。あらゆる神を招く。だからこそ千依神はこの国にとって欠くべからざる神なのじゃ。——ここ数年、天候が乱れ不作が続き、穢れの病も蔓延し……わたくしは正直、千依神はこの国から去ってしまったのではと思ったこともある」

蛍はぎくりとする。

「じゃが、そなたは見事に千依神を迎え、その祝《しゅく》を受けた」

そう言うと、絲は袖を払って居ずまいをただし、蛍をまっすぐ見つめた。両手を毛氈について、頭をさげる。

「氷見《ひみ》の絲、これより先は、朱華姫さまに心よりお仕え申しあげる」

蛍が驚く間もなく、ほかの少女たちもいっせいに額《ぬか》ずいた。

蛍はどうしていいかわからず、うろたえる。

「あ、あの、顔をあげて。そんな……」

絲は身をおこすと、ふっと笑った。

「何をうろたえておられるのか。わたくしをかしずかせたいとおっしゃったのは、あなたさまでございましょう」

「ああ……！」

たしかに、言ったけれども。

「あなたさまは、真《まこと》にこの国の宝となられた。千依神の寵愛を受けた朱華姫に、敬服せぬ者はおりませぬ。かしずくのは、わたくしばかりではない。――ご覧あれ」

絲は、蛍の手をとって立たせると、正面を向かせた。蛍は、息をのむ。

舞台の下に居並ぶ百官が、皆、蛍に向かってひざまずいていた。

その上を蓮《はちす》の白い花弁が、寿《ことほ》ぐように舞っている。

＊

蛍は、泳《くくり》の宮の池にかかる、赤い橋のなかほどに立っていた。

そばには帝と青藍がいる。柊は、殿舎のほうに控えていた。

「神は、戻ってきたわけではないと？」

帝がひそめた声で蛍に問いかける。

「はい。まだ体を休めなくてはならないと――でも、わたしが呼んだら、来ると」

「ほう」

帝は目を細めて蛍を見た。

「香久夜《かくや》という穢れ神がここにいると、千依神《ちよりのかみ》はおっしゃっていたのですね」

今度は青藍が口を開く。はい、と蛍はうなずいた。

「その穢れ神のせいで千依神は傷を負った……それはおそらく、十六年前の反乱のときのことでしょうね」

「であろうな。あのとき、反乱は人のあいだばかりではない、神々のあいだでもおこっていたというわけか」

「しかし、いったいなぜそのような……」

「あの、それと」

蛍は帯から笛をひき抜く。

「この笛……むかし、神さまが朱華姫にあげたものだというんです」

「なんだと？」

帝も青藍も、目をみはる。

「ならばそれが、まさか――神器《じんぎ》だと？」

帝はしげしげと笛を眺める。神器とは、本来人の目に触れることなくしまいこまれているものだ。だから、どんなものだか知られていないのだという。

「そなた、これは母からもらったものであったな？　そなたの母は、女官をしていたのだったか。では――反乱の折に、なんらかの事情でそれを手にしたということか……」

帝は考えこむように顎をなでている。

十六年前の反乱のとき、朱華姫は殺されて、神器は盗まれた。――それに、母がかかわっているというのだろうか。蛍は不安になる。たずねようにも、母は霊腐《みたまくた》しの病で寝ついている。

「まあ、そのあたりの事情は今考えてもわかるまい。なんにせよ、神器が戻ったのはよいことだ。そなたは思いのほか、よくやってくれた。よもやまこと千依神を招きだせるとは思わなんだ。これもすべて、神の導きであったのやもしれぬな」

帝は蛍を見て笑う。

「神がおらぬことは、いまだ伏せておかねばならぬことに変わりないが——そなたは真実、この国の宝。朱華姫となった」

ほんとうの、朱華姫に。

——わたしが。

蛍の胸に、安堵と、昂揚《こうよう》と、不安がいちどきにわきおこる。

帝は蛍の肩をぽんとたたいた。

「めでたきことだ。これからもよく励め」

そう言って帝は露台のほうへと戻っていく。内緒話は、もうおしまいだということだ。蛍もそのあとに続いた。露台の奥、珠の間では柊が静かに待っている。

「そういえば、そなた、神から授かった祝《しゅく》の言葉はなんであった？」

「あ……それですが、よくわからないのです」

「記録として残さねばならぬからな。何か、それらしきことは言われなかったのか」

ええと、と蛍は考えこむ。

「私の笛の音が好きだと……それから」

『いとしい私の朱華姫よ、体が癒えてさえおれば、楽《ささら》の宮にそなたをつれていくものを』

蛍は記憶をたどって、悠宜《ゆぎ》の言葉をくり返した。

「さっそくそれか。ずいぶんと情熱的なのだな」

帝が笑う。

「それと、わたしの肌は甘い、と」

蛍はあのときなめられた首筋を押さえる。

「首を、なめられました」

「それは、また——柊、どうした？」

露台から珠の間に入るところだった帝が、柊にたずねる。柊は、腰を浮かせて蛍のほうを見ていた。驚いたような、怒ったような顔をしている。

「柊さま……？」

何か、怒らせるようなことをしただろうか。

「——千依神が、そのようなことを？」

柊は、眉根をよせて低い声を出した。

「え？　はい……」

「千依神は、もとより朱華姫を楽の宮につれて帰ろうとしておられる神だ。蛍が気に入られたのは喜ばしいが、つれていかれてはかなわぬ。柊、気をつけねばならぬぞ」

むろんです、と柊は答える。

「しかし、肌が甘い、とな。そう書き記すわけにもいくまい」

そう言われて、蛍はさらに考えこむ。

「あとは……あ、名前を教えてくださいました」

「名前？」

「千依神というのは一族の名前で、あの神さまは、悠宜さまとおっしゃるそうです」

なるほど、と帝はうなずく。

「ひょっとすると、それが言祝《ことほぎ》のしるしなのやもしれぬな。名を教える、ということが」

前例は神祇伯しか知らぬのでなんとも言えぬが、とつけ加える。

「その神の名を、言祝として伝えることにしよう。——では、用事はすんだ。邪魔したな」

帝は青藍をともなって部屋を出ていった。それをぼんやりと目で追っていた蛍に、柊が声をかける。

「蛍。さきほど申していたことは、まことか」

「さきほど……？」

「神に、首をなめられたと。そなたの肌が甘いと——」

柊は、なんだか怖い顔をしている。蛍はびくつきながらもうなずいた。

「それで、ここに、あざみたいなものができているので」

首筋をしめす。ちくりと熱を押しあてられたように痛んだところだ。鏡で見たら、うろこみたいな赤いあとがあった。

「神さまの祝というのは、言葉以外にこれもふくまれるのかなって、思ったのですけど……」

ここが痛んだとたんに、悠宜の姿が見えるようになったからだ。悠宜が、このしるしをつけたのかもしれない。

柊は、無言で蛍の首筋をにらんでいる。

「……あの、柊さま、何か、怒っていますか？」

おそるおそる、蛍は訊く。柊はゆるく首をふって、ため息をついた。

「そなたに怒っているのではない。——俺は、神とは、もっと高潔なものだと思っていたのだ」

「高潔……ですか」

「かように俗なものとは思わなかった」

「俗」

柊は、きりきりと眉間のしわを深くする。

「うら若き少女の首筋を舌でなめあげるなど、不埒《ふらち》きわまりない」

「ふらち？」

知らない言葉だ。どういう意味ですか、と訊くと、柊は黙ってしまった。

「あの……」

重ねて問いかけた蛍に、柊は手を伸ばす。その指で、蛍の首筋にあるあざに触れた。どきりと胸が跳ねる。たしかめるように指先でなぞられると、くすぐったくて蛍は肩をすくめた。

「ひ……柊さま、あの、くすぐったい、です」

柊の指先が触れていると、首筋ばかりではなく、胸のなかまでむずむずしてくる。そんな感覚に困ってしまって、蛍が訴えると、柊はようやくなぞるのをやめてくれた。

ほっと息をつく蛍に、柊がぽつりとつぶやく。

「神にそなたはやらぬぞ」

静かな、けれど強い声で言われて、蛍は鼓動が速くなる。べつに柊は、とくべつなことを言ったわけではない。朱華姫を、楽の宮につれていかれては困る。それは、当然のこと。——けれどなぜだか、柊の声の響きに、蛍は胸をひどくゆり動かされたのだった。

泳の宮の回廊の途中で、青藍は足をとめた。

開けはなたれた殿舎の扉から、仲睦まじい蛍と柊の様子が見える。ほほえましくて、青藍は笑みを浮かべた。――けれどそれはすぐ、物憂げなものに変わる。

「どうした、青藍」

先を歩く帝が、声をかける。蛍たちに目を向けたまま、青藍は口を開いた。

「蛍さまとの約束は、三年でしたが」

そう言って、青藍は帝をふり返る。

「どうなされるおつもりですか」

帝は唇の端をあげた。

「それは、ふりの約束であろう。もはや蛍は正真正銘の朱華姫。三年とかぎることもあるまい」

やはり、と青藍は思う。

蛍は、たんなる朱華姫のにせものをつとめる娘ではなくなってしまった。千依神をふたたび暁《あけ》につれ戻す、このうえなく貴重な宝に、彼女はなってしまったのだ。

『でも、わたしが呼んだら、来ると』

蛍がそう言ったとき、帝の瞳が計算高く光るのを、青藍は見ていた。

帝は彼女を手放さない。神が戻るまで、あるいは戻っても、ここにしばりつけておくつもりだ。泳の宮の、名のごとく。

「……三十を迎えるまで、ですか？」

朱華姫はおおよそ、三十歳前後で退《しりぞ》く。ひとつの氏族に権力を集中させないためだ。

「それは政《まつりごと》との兼ね合いがあってのことだ。蛍は、その面倒がない。新しい候補が見つかればべつだが、蛍が神に気に入られているかぎりは、変えるのは得策ではあるまい」

「蛍さまは、桃花司《つきのつかさ》の少女たちのように朱華姫たるべく育てられた娘ではありませんよ。なんの心づもりもなかった娘に、そこまで強いるのは酷でしょう」

「酷であろうとなかろうと、やってもらわねばならぬ。この国が滅びぬために」

「……………」

「蛍はまことよい働きをしてくれた。稲日の一族を追いこめたからな。これで古株の氏族がすこしはおとなしくなるとよいが」

神祇伯、稲日の罪の責を、帝は一族の当主である参議に負わせた。失脚させるよい口実となったのだ。参議は辺境地の按察使《あぜち》に命じられ、都を追いだされた。

「……あまり古参の氏族をしめつけぬほうが、よろしいのでは」

「しめつけているのではない。あちらが勝手に、すくいもしない足もとをすくわれているのだ」

「ですが、神祇伯も、わが君の古参氏族ぎらいがなければ虚言にまどわされずにすんだでしょう。足もとをすくわれかけたのは、わが君ではありませんか」

　ふん、と帝は不愉快そうに笑って、歩きだす。

　青藍は、不安だった。神祇伯をそそのかした何者かは、蛍がにせの朱華姫であったことも、神託がいつわりであることも、知っていた。いったい、どこまで知っているのか。それとも、あてずっぽうの虚言であったのか。

　くすぶっていた火種が、燃えあがる前兆のような不安がぬぐえない。帝、古参氏族、そして——。あやうい均衡をたもっていた力関係が、くずれそうな予感。

　青藍はもう一度、蛍たちに目を向けた。ふたりは仲のよい兄妹《きょうだい》のようでもあり——初々《ういうい》しい恋人同士のようでもあった。

　朱華姫と御召人は、かりそめの夫婦だ。形だけの、夫婦の真似事。

　真似事であって、けして夫婦にはなれない。蛍が朱華姫であるうちは、絶対に。

　——どうなることか。

　青藍は憂いをおびたため息をついて、帝のあとに続いた。帝が、そういえば、と口にする。

「蛍の父親とは、いったい誰なのであろうな」

「さあ……」

「貴族や官僚とひそかに逢引《あいびき》する女官はめずらしくもない。なぜ蛍の母は相手を明かさぬのだろう」

「事情があるのでしょう。詮索なさいますな」

「隠されれば気になるであろうに」

「なんでも知りたがるのは、悪い癖ですよ。わが君」

「ならばそなたの悪癖は、その小姑《こじゅうとめ》のような小言だな」

帝は笑って、つぶやいた。

「当時の女官の生き残りにでも、一度訊いてみるか――」

*

安斗《あと》を木につなぐと、柊は蛍を鞍《くら》からおろした。

千稚山《ちわかやま》の山中である。〈言祝《ことほぎ》の儀〉の場で蛍は穢れの化け物と対峙《たいじ》してしまったため、体を清めに来たのだ。

蛍を抱えた柊は、そのまま川へと向かい歩きだす。蛍が抗議するような声をあげた。

「柊さま、わたし、歩きます」

「昨夜の雨で地面がぬかるんでいる。衣が汚れるし、足をすべらせるといけない」

有無を言わせず、柊は歩みを進める。木々の葉に残る雨露が、ときおり上からふってくる。頬にぽたりと落ちたそれを、蛍が手を伸ばしてぬぐってくれた。柊は思わず表情がゆるむ。と、今度は露が蛍のうなじに落ちたらしい。妙な悲鳴をあげて、蛍は柊にしがみついてきた。

「す、すみません。びっくりして」

「いや」

蛍は柊の首に巻きつけた腕をそろそろとはずす。べつにそのままでもよいのだが、と柊は思う。蛍の体はあたたかくて、むしろ、もっと触れていたいくらいなのだから。

――触れて、ちゃんと、つかまえておかなくては。

神にさらわれてはかなわぬ。

千依神《ちよりのかみ》が蛍にしたことを思うと、柊は不安でならなくなる。いつか、ひょいとたやすくさらわれてしまうのではないかと。

朱華姫をつれて神が国から去ることをおそれるのではない。

蛍が――いなくなるのが、怖いのだ。

「柊さま、重いですか？」

蛍が柊の顔をのぞきこんできた。

「むずかしい顔をなさっているから、わたしが重くて、疲れたのかと思いました」

「いや。……しかし、そう言われるとそなた、すこし太ったか？」

「えっ、やっぱり重いですか？　すみません」

うろたえたように身じろぎした蛍を、柊は抱え直す。

「重くはない。ただ、体つきがやわらかくなった気がするだけだ」

「そうですか？　自分ではよくわかりませんが……じゃあ、ちょっとは十六の娘らしくなっているでしょうか」

期待をこめたまなざしになる蛍に、柊は、すこし笑みを浮かべた。

「そうだな。もうとても女童《めのわらわ》とは思えぬ。そなたはきれいな娘だ」

そう言うと、蛍は顔を赤くした。もごもごと何か言う蛍を、柊は下におろす。禊《みそぎ》の川についたのだ。

「岩が雨で濡れているから、すべらぬよう気をつけろ」

と言い置いて、柊はその場を離れる。何かあればすぐに駆けつけられる距離にある木陰で、禊が終わるのを待つことにした。木にもたれかかり、ぽたりぽたりと葉からしずくが落ちるのを眺める。頰をなでた。先ほど、蛍が触れた頰だ。

『――おまえの頰に手を伸ばす者は、かならず現れるよ』

先代の朱華姫、棗《なつめ》の言葉を柊は思い出す。祖母のように接してくれた、小さな老婆。

『これは間違いのないことだ。年寄りの言うことはとりあえず信じるものだよ。見てきたものが若造とは違うのだからね。――すくなくともわたしは、おまえを怖いなどと思いやしない』

三年前、地方の反乱を鎮めて都に戻ってきた柊に、棗は言った。柊はその戦で、己の体がどういうものだか、敵にも味方にもいやというほど知らしめていた。奮戦すればするほど、味方からもおそれられた。それが、ひどくかなしかった。絶望していた。

『おまえにこれをやろう』

棗はそのころすでに病床についていたが、弱った体で柊の住まいを訪ねてきた。そのときくれたのが、柊が今持っている、ひとふりの大刀だった。

『わたしが前に朱華姫をつとめていたときに、時の帝がくださったものだ。わたしの宝だよ』

そんなものはもらえない、と柊は言った。だが、ひきさがる棗ではなかった。

『わたしはもう、そう長くおまえを見守ってはやれぬ。だが、わたしがいなくなったあとも、これを見ればすこしは思い出すだろう。この婆《ばば》のことを。おまえを宝のごとくいつくしんだ婆がいたことを。見るたび、どうか思い出しておくれ。わたしが言ったことを。——おまえの頬に手を伸ばす者は、かならず現れる』

柊は、目を閉じる。

——ほんとうだった。棗の言ったことは、ほんとうだった。

棗の言った言葉は、柊のなかのか細いともしびだった。けれど、今、その火は胸をあたたかく照らしてくれる。蛍という、存在を得て。

もう、胸が凍えることはない。

蛍のことを思うと、胸のうちがあたたかくなる。同時に、甘くしびれたようになる。どうしてかわからない。ただ、わかるのは、けして失ってはいけないということだ。何があっても、守らなくてはならない。神に奪わせもしない——。

そのとき、悲鳴とともに大きな水音が聞こえて、柊は我に返った。あわてて川に飛んでいく。

「どうした⁉」

駆けつけると、蛍が川から岩によじのぼろうとしているところだった。

「すみません、柊さま……足がすべって、岩から落ちました」

柊は岩のそばに駆けより、蛍に手を貸す。

「怪我は」

「してません」

柊はほっと息を吐いた。

「だから、気をつけろと言ったであろうに」

あきれながら、蛍を岩の上へとひきあげる。はい、と蛍はすこししょんぼりと答える。

蛍が身につけているのは白い衣一枚だったので、柊は目をそらした。

「川に落ちたからよかったものの、岩の上に倒れでもしたら、大怪我だったかもしれぬぞ」

　これだから目を離せぬ、と思う。ころぶかもしれぬと思うと抱きあげずにはいられないし、何かにつけて手を貸さずにいられない。柊と違い、怪我をしたらすぐには治らないのだ。こんな小さな娘が怪我をしたら、それが命とりになりかねないと思う。はらはらする。

「禊のときも、すぐそばにいたほうがよいか？　それなら、怪我をする前に助けられる」

「いいえ、そんな……大丈夫です。それにちょっとくらい怪我をしても、平気です」

「平気なことはあるまい」

　柊は眉をよせる。

「そなたは怪我をしてはならぬ」

　蛍はちょっと困ったように目をぱちくりさせた。

「でも、きっと、生きていれば怪我をすることはあります」

「ない。俺がさせぬ」

　柊はきっぱりと言い切った。

「そなたのことは、俺が守る」

　柊は手を伸ばして、蛍の華奢《きゃしゃ》な足首に触れる。以前、怪我をした足首だ。思えばあれは、柊のせいだった。二度と怪我などさせない。誓いをこめて、柊はその足首に唇をよせた。

「……柊さま！」

蛍がうろたえきった、悲鳴のような声をあげる。

守りたい、とどうしようもなく願うような気持ちで思う。

胸のうちで、炎が激しく燃えあがるようだった。

目の前のこの少女が何よりも大事で、守りたくて、しょうがない。守りたい、と言うほか、この気持ちを表すことができなかった。

いとしい、という言葉を、柊はまだ、知らなかった。

本書は、二〇一四年五月に集英社コバルト文庫より
刊行されました。

本文デザイン／関　静香（woody）

集英社文庫　目録（日本文学）

下重暁子　鋼《はがね》の女《ひと》 最後の瞽女《ごぜ》・小林ハル
下重暁子　不良老年のすすめ
下重暁子　「ふたり暮らし」を楽しむ 不良老年のすすめ
下重暁子　老いの戒め
下重暁子　85歳まだまだ不良 媚びず群れない
下川香苗　はっこい
下村敦史　絶声
下村一喜　美女の正体
朱川湊人　水銀虫
朱川湊人　鏡の偽乙女 薄紅雪華紋様《うすべにせっかもんよう》
小路幸也　東京バンドワゴン
小路幸也　シー・ラブズ・ユー 東京バンドワゴン
小路幸也　スタンド・バイ・ミー 東京バンドワゴン
小路幸也　マイ・ブルー・ヘブン 東京バンドワゴン
小路幸也　オール・マイ・ラビング 東京バンドワゴン
小路幸也　オブ・ラ・ディ オブ・ラ・ダ 東京バンドワゴン
小路幸也　レディ・マドンナ 東京バンドワゴン
小路幸也　フロム・ミー・トゥ・ユー 東京バンドワゴン
小路幸也　オール・ユー・ニード・イズ・ラブ 東京バンドワゴン
小路幸也　ヒア・カムズ・ザ・サン 東京バンドワゴン
小路幸也　ザ・ロング・アンド・ワインディング・ロード 東京バンドワゴン
小路幸也　ラブ・ミー・テンダー 東京バンドワゴン
小路幸也　ヘイ・ジュード 東京バンドワゴン
小路幸也　アンド・アイ・ラブ・ハー 東京バンドワゴン
小路幸也　隠れの子 東京バンドワゴン零
小路幸也　イエロー・サブマリン 東京バンドワゴン
白石一文　彼が通る不思議なコースを私も
白石一文　光のない海
白岩玄　たてがみを捨てたライオンたち
白川紺子　朱華姫《あけひめ》の御召人《おめしびと》(上) かくて愛しき、ニセモノ巫女
白川紺子　朱華姫《あけひめ》の御召人《おめしびと》(下) かくて恋しき、花咲ける巫女
白河三兎　私を知らないで
白河三兎　もしもし、還る。
白河三兎　十五歳の課外授業
白澤卓二　100歳までずっと若く生きる食べ方
城山三郎　臨3311に乗れ
辛永清　安閑園の食卓 私の台南物語
辛酸なめ子　消費セラピー
新庄耕　狭小邸宅
新庄耕　ニューカルマ
新庄耕　地面師たち
真堂樹　帝都妖怪ロマンチカ ～猫又にマタタビ～
真堂樹　帝都妖怪ロマンチカ ～狐火の火遊び～
新堂冬樹　ASK トップタレントの「値段」(上)(下)
新堂冬樹　虹の橋からきた犬
眞並恭介　牛と土 福島、3.11その後。
神埜明美　相棒はドM刑事《デカ》 ～女刑事・海月の受難～
神埜明美　相棒はドM刑事《デカ》2 ～事件はいつもアブノーマル～

集英社文庫

朱華姫《あけひめ》の御召人《おめしびと》　上《じょう》　かくて愛《いと》しき、ニセモノ巫女《みこ》

2022年９月25日　第１刷
2022年12月11日　第３刷

定価はカバーに表示してあります。

著　者　白川紺子《しらかわこうこ》

発行者　樋口尚也

発行所　株式会社　集英社
東京都千代田区一ツ橋2-5-10　〒101-8050
電話　【編集部】03-3230-6095
【読者係】03-3230-6080
【販売部】03-3230-6393（書店専用）

印　刷　中央精版印刷株式会社　株式会社美松堂

製　本　中央精版印刷株式会社

フォーマットデザイン　アリヤマデザインストア　　マークデザイン　居山浩二

ISBN978-4-08-744439-1 C0193